作品

林文月 著

重讀的心情

——新版序言

燈下展讀十五年前的《作品》，有一種奇妙的感覺。這些文字既熟悉，又有些陌生。有些段落，甚至完全在記憶之外；然而讀著讀著，又彷彿聯貫起來了。於是，那些遙遠的許多事情，便又都回到眼前來。讀自己的舊文章，好像是翻看昔日相簿，心中明明是有一點感傷，卻也不自禁的產生一絲溫暖的感覺。

十五年之前出版這一本書時，正是我從多年教學生涯退休之時。文章內容頗涉及我喪失長輩的悲慟；而今再次校閱新版之際，竟連當時與我一同深浸悲慟的親人友儕，又有幾人先後走了。人生的變化，何其重大無奈！

而我曾經在一個場合寫過幾句話：

我用文字記下生活，
事過境遷，重讀那些文字，
驚覺如果沒有文字，我的生活幾乎是空白的。

林文月

二〇〇八年春暮

凝思
——一九九三年初版自序

這一本書所以取名《作品》，是由於集內收了一篇〈作品〉。〈作品〉雖是五年以前所寫，我明明記得那個寫作的動機。一次天明以前的夢，十分怪異荒謬，卻令我難忘，又彷彿啟示良多。未幾，我便將夢境鋪寫成一篇短文。無論是夢的記憶，或現實的記憶，在未執筆之前，往往是相當溷沌曖昧的；當然，一旦危坐桌前，提筆凝思，我便能整理出一個頭緒，夢或現實的記憶，自然就隨著筆尖流動，越來越清晰，越來越有條理了。

我時常想，也許一個畫家是要面對畫布，才能整理出他的情思；一個演奏者大概也唯有聚精會神面對樂器時，才能最接近自己心底深處的吧。慶幸自己多年來養成執筆書寫的習慣，使我在人生的個個階段能夠時時反省凝思。

這一本書，分為兩部分。上卷收我自《交談》以來的散文創作。數年來，我所寫的散文並不止這二十篇；另一些自成系統的擬古之作，擬單獨成集發表。這裡所收的，多數是我情切意深，不遑摹擬經營之作，而其中則又以緬懷傷逝者居多。這或許與年齡、體驗有關，但其間亦不乏比較明朗積極的調子，〈作品〉即是一例。我往日讀印度詩哲泰戈爾的《漂鳥集》最喜愛其中一首：

當日子完了，我站在祢的面前
祢將看見我的傷疤，知道我
曾經受傷過，也自已治癒了

是的，經歷許許多多的喜怒哀樂，我們的生命才豐饒起來。我逐漸明白歡愁得失無常的道理。而先哲睿智的語言，往往是需要我們用生命中極大極可貴的代價去體會的，包括失去心愛的事物，甚至敬愛的人物；不過，也正因為如此，我們終於了悟如何珍惜現今所擁有。

下卷收我早年翻譯的川端康成及曾野綾子這兩位日本現代作家的短篇小說各二篇。

翻譯，從另一個角度言之，應屬於「再創作」，或者也可說是「受限制的創作」。我面對他人作品時，無論古典或現代之作，總是十分投入，於翻譯之餘，又往往有隨筆抒寫感想；而此種隨筆，則又與譯文不可分，故將二者合輯刊出。

至於川端康成的早年作品〈十六歲日記〉之譯出，實則又與稍早畫其肖像有關聯，我在隨筆〈關於十六歲日記〉已有說明。藉此書出版之際，將原圖附印，或者將有助於對譯文與隨筆的了解。而既已附印川端氏的肖像，遂又將我先後繪成的兩位先師之肖像也同時印製出，附於〈臺先生的肖像〉及〈坦蕩寬厚的心〉二文之前，因為此二文確實亦提及臺先生與鄭先生的肖像。執筆斟酌文字布局與線條明暗雖然有別，二者皆是我的作品，收在本書中一併刊出，應不致勉強無謂吧。

封面的陶製椅群，是我的女兒思敏的作品。她從文學改讀建築，居然頗有心得。去年參與全美學生設計比賽，以另一組合獲得首獎。我要求她拍下相片供我做此書封面的主題，以為彼此鼓勵互勉的象徵。

——一九九三年五月二十八日

林文月《作品》目錄

下卷。

林文月作品

上卷。

人生不樂復何如

——我與文學的因緣

抗戰勝利翌年，我隨著家人乘船回到完全陌生的故鄉。船在大海中搖盪，我的心波也盪漾。腦中不斷設想、揣測著，究竟臺灣是怎樣的地方？臺灣的風俗民情又如何？而船在基隆港靠岸時，眼前所展現的，竟是一副異國情調。在上海碼頭候船時，二月的江南，冷風颯颯；但二月底的基隆港口，藍天碧海、陽光豔麗，碼頭上還有人在叫賣著「枝仔冰」。碼頭上面的人所講的臺灣話，也是我們聽不懂的鄉音。

我出生在上海的日本租界，啓蒙教育是在日本學校接受的，所以我的母語是日本話，居家外出時則講上海話。這樣的生活方式維持到小學五年級。不過，事實上，五年級只讀了一個學期即因戰爭結束，日本人遣散返歸日本，學校停課，我也因而失學半年多。回到臺北居住停妥，已是春末。那一年的初中招生仍沿日本學制，在春季舉行，臺北市的小學仍保有六年級的，就近只餘老松國小一所學校。於是，我每天要走四十分鐘的路程，從東門到萬華上學。路遙並非困難，困難的是語言問題。當時政府為了儘速推行國語運動，禁止說日語，也禁止日文書籍。我們的老師用臺語講解生硬的國語，而這兩種語言對我都是完全陌生的。我已經記不清自己是如何克服兩種陌生的語言而逐漸習得國語了，只記得下課後和同學們交談總是偷偷用日本話。

經過一年的學習，我們已經知道如何使用國語，但寫文章難免還是要先用日文思考，再轉譯成中文。這種現象普遍存在於當時的臺灣知識界。對於像我一般年少的人而言，阻礙表達的因素也許尚淺，但是對於中年以上的人，則其困難可想而知。不過，勤勉努力總是可以解決問題。在中學的六年中，我的中文表達能力逐漸趕上水準。我開始代表校際編製壁報，也參與若干次作文比賽而獲獎，一方面也偶爾在報刊的青少年作品版上投稿。對於文學與美術的興趣，大概是與生俱來的性向，語文的中途轉換，一度令我對於文學感到沮喪，不過，在相當自在的六年中學生活中，我似乎又稍稍恢復了興趣與信心。

然而，徘徊在文學與美術的雙樣興趣之間，卻使我在投考大學時倍添困擾。我們那個時代尚未建立聯考制度，我同時考取了臺大中文系與師範學院藝術系。長輩與師長都力勸我選擇中文系，而我的個性也一向比較順和，遂捨美術而就文學。這也許就決定了我這一生的命運：擱置繪畫彩筆而撿取文學素筆。

在我讀中文系及其後又順利考入中文研究所的四十年代時期，正是政府大力查禁中國三十年代文藝書籍，以及俄國若干作家作品之時，而系所課程也未敢開設現代文學的課程（此與授課取材有關，也與當時大學教育較保守之風氣有關），故而我們終日所接觸的科目都是古籍的經史子集。但我個人在上海失學的半年期間，曾經於無聊之餘大量閱讀日譯本的世界名著；而在中學六年之中，雖然已有「反共抗俄」的口號，學校圖書館中倒是還可以借到高爾基的書，以及魯迅、周作人的一部分著作；在大學研究所的書櫃底層，也被我發現一整套的《小說月報》。於古典研讀之餘，這些現代文學作品及世界文學名著譯本的閱讀，一方面調劑了我比較單調的學生時代生活，同時也引發了我個人的寫作興趣。

於今回想起來，在學校時代對我寫作影響最大的恐怕是高中時的導師蔡夢周先生，和大學時的系主任臺靜農先生。蔡老師是一位隻身在臺的退役軍人。他的宿舍就在我們的教室旁邊一間小屋內。蔡老師的生活十分單純，除了教幾班高中國文外，便是接受我們隨時不定期的課後訪問。我至今無法知悉蔡老師的教育背景，只知道他有很好的國學基礎，以及極大的愛心與包容的器度。他當時的年紀大約已在六十歲以上，對待我們有如父親之於女兒，甚或祖父之於孫女兒。他要求我們背誦古文，同時也仔細批改我們的作文，要求我們寫作純正的中文，而痛恨西化的文句。我至今猶記得蔡老師告訴我們的話：「中國人不說『人們』。『人』就是『人』，包括個人，也包括許多人。什麼『我們』、『他們』、『人們』的，狗屁！」從此「狗屁」竟成了蔡老師的綽號。我們背地裡那麼喊他，其實是充滿了愛與敬意的。

知道教授我們中國文學史與楚辭的臺先生青年時期曾經是熱血澎湃的小說家，是經由《小說月報》的閱讀。有時我也在課外把自己寫作的散文和小說請他過目。臺先生認爲我的生活環境太過單純，比較適宜於散文寫作，而我年少時候喜歡炫耀華藻麗詞的文風，也頗受到臺先生的規勸：「文章還是要澀一點的好。」什麼是澀的美呢？直到我讀唐宋古文、明代竟陵之文，始知其理；而臺先生晚年的散文，則更是蒼勁之作的典範。臺先生又鼓勵我善加運用我的日文根基，總是勉勵我多從事翻譯方面的寫作。

大學時期，我的同班同學鄭清茂來自貧困的嘉義農家，當時東方出版社的社長游彌堅先生正計畫出版兩大系統的少年讀物——世界名人傳記，及世界名著。那些書都是由日本的專家改寫成爲適合少年閱讀的筆調。游先生囑清茂逐本翻譯，以稿費補貼他的學雜費用。由於內容十分龐大，清茂便邀我參與其工作。我利用課餘之暇，翻譯了其中一部分作品。放置多年的日文，遂與我所讀的中文結合。而由淺入深，那些經驗，實在是我日後譯注日本古典文學鉅著《源氏物語》、《枕草子》等的重要奠基訓練。

在臺灣大學中文系讀書的七年，大概是我過去生活中最愉快的一段時光。當時的臺灣，雖然有許多政治上的禁忌，個人所能享有的自由也較有限，但整個的社會習尚樸實眞誠。校園裡的人口少，人際關係則比較單純；尤其中文系的師生之間，有一種大家庭似的溫馨氣氛。我們的師長皓首窮經，就是給我們的身教典範。由於我逐漸看清自己將步入學術研究之途，所以在我二十歲到三十歲那一段求學與初執教鞭的日子裡，幾乎無暇他顧，雖偶爾也寫散文及若干篇嘗試性質的小說，刊載於校刊或其他報刊上，但是都已散佚無蹤，因而早期留下的作品，全部是中國古典文學研究的論文。當時外文系夏濟安先生主持的《文學雜誌》，是一本嚴肅有活力而樸素的刊物。當今卓然成家的小說作者，許多是當年外文系的學生，《文學雜誌》提供了他們創作發表的佳園；至於我們中文系的師生，則亦以古典文學的賞析論著參與其間，使那一本雜誌成爲兼容中外、並蓄古今的充實的讀物。由於我也先後陸續在《文學雜誌》發表過不少篇論文，後來合編成中國古典文學論著二冊時，其中一冊竟掛著我的名字在封面上。當時我年紀尚未及三十歲，卻因此而被人誤以爲是一個年長的學者。

踏出學生生涯，又步上教壇，我的生活始終沒有離開過校園。然而教書、閱卷、寫論文，復又結婚、生育子女，使我遠離創作幾達十年之久。直到我三十歲的後期，獲得國科會資助，隻身赴日本京都研修中日比較文學一年，才在陡然失去家人環繞的寂寞之下，於研究的正業之外，重拾起創作之筆。我非常認眞用心地記下日本的古都——京都的風物人文，以及獨處異鄉遊學的心情。那些文章逐月在《純文學雜誌》發表，其後結輯成爲遊記《京都一年》。

在京都遊學的那一年，或許對於我日後的寫作生活具有頗重要的意義的吧。我不僅重新拾回放置多年的創作之筆，同時也因爲那一整年中，似又回到年少時以日語爲母語的生活，乃重溫並且自修更高深的日文；而且，由於撰寫中日比較文學論文之需要，我開始認眞閱讀平安時代的鉅著《源氏物語》，雖然當時萬萬沒有想到，這個機緣會成爲我兩年以後持續投注六年的時間去譯注那大部頭的書，但冥冥之中，彷彿有什麼神祕的力量在牽引推動著，促令事情完成。人生眞不可思議。我常常回想：倘若那一年沒有接受赴日進修的機會，現在的我會是怎樣呢？譬如說：我若將過去二十年來的時間精力專注投入在學術研究中，是否可能會因而有更豐碩的研究成果呢？

然而，我知道這樣的設想是無意義的。如今的我，已經無法將論著、創作與翻譯從生活中抽除了。身爲大學中的教師，自不可怠慢授業解惑之責任，但授課之餘，我自有使自己在三種不同的寫作領域調適心情的方法；而且三種寫作可以互相激盪，彼此刺激鼓勵執筆的我。

古典文學研究的論文，需要深思及謹愼蒐集資料。我每年大約只能寫一、兩篇。間亦偶爾寫一些與翻譯相關的心得，卻另成一範疇，未能收入論文集內。創作方面，我以散文爲主，已出過五本單行本，另有兩本傳記。我雖然持續地寫著，但因生活忙碌，寫作方向又分散，故產量不能稱爲豐多。在寫作的態度上，自問是比較保守而嚴肅的，我堅決不願隨波逐流而迷失自己。近年來，我從六朝文學的教學及研究中獲得靈感，想出「擬古」的散文寫作方式，即將自己的感思配合古人的模式表達出來，希望造成擬古而不泥於古的效果。這是半帶著遊戲性質（文學的發源，本來即有遊戲說），又半帶著自我挑戰性質的。不過，我不否認，這樣的文章寫起來十分困難。所以目前分兩途進行，「擬古」是一系列，有適當的題材內容及對象則寫之；另外一系列仍依我個人的自由創作，但我總是慢慢在要求自我超越，而不願意一再重複故我。

至於翻譯，是我化過去的痛苦代價爲今日資源的結果。大學時代，相當輕易地改寫翻譯過一些少年叢書，但其後已不再草率執筆。《源氏物語》的譯注，花費了六年的時間；其後隔了六年，我才從事《枕草子》的譯事，前後共計三年；又隔五年，自去年開始，我如今正譯第三種日本古典文學作品——《和泉式部日記》。此書在分量上遠不及《源氏物語》，甚至亦不及《枕草子》，但全書以和歌的情書爲中心，展現平安時代一段膾炙人口的愛情故事。我逐首用心翻譯，大量加注，所用的精力並不減於前二書。有時我深夜苦思，譯竟一段古文或一首和歌，不免想到：如此辛勤的工作，究竟會有多少人來閱讀這種古典的文學作品呢？然而，隨即又想回來，只要有一位認眞的讀者，一切都是值得的了。

提筆寫作，無論是學術論著、散文創作，或文學翻譯，本來就是相當寂寞之事，但我樂此不疲已有年。最近則又於《聯合文學》逐月刊載《和泉式部日記》譯文之際，每月又自己繪製插圖以爲內容說明之需要。我在延續了這許多年以後，又拿起畫筆嘗試自習，彷彿年輕時代的另一個興趣又於此撿回，繪畫時候的執著與喜悅，有時更超過文字斟酌的成就感，遂不自覺的欣欣然自陶。人生不樂復何如！

——原載一九九二・八月《幼獅文藝》

禮拜五會

「禮拜五會」，當年我們大概是如此稱呼，也可能稱呼「星期五會」，或許根本什麼稱呼都未曾有過，只是大家心照不宣而已。已經記不太清楚了，雖偶爾也會懷念當時種種，究竟三十年以前的往事，於諸多人事變遷之後，有許多記憶是非常淡薄模糊了，可又有一些事情卻是頗令人不捨得忘懷的。

那時候，我與郭豫倫結婚不久，住在臺北羅斯福路位於臺大及師大中間的一條衖堂裡。我們分別自那兩所大學畢業，我留任母校執教，他雖是藝術系出身，卻因現實生活需要而在一家私人商行工作，工作之餘仍未放棄作畫。我們的朋友也多數是那兩所大學（當時的師範學院仍未改制爲大學）出身，或仍在學的身分。友輩間我們較早成家而又無長輩同居，兒女尚未誕生，所以生活最爲自由無拘束，周末，甚至平時夜晚，我們的家遂成爲朋友們樂於過訪的地方。

三十年前的臺灣，大異於今日，即如臺北市都還是相當落伍樸實的。我們居處的巷子底，疏疏落落地仍存留著十餘戶磚造矮屋，房屋周邊有豬圈雞籠，人與家畜和平共處著。稍遠處有一片草地，三幾堆附近住戶的祖墳在那草叢掩翳間，也似乎是極自然調和的景象。夏季裡，常見放暑假的學童在那裡牧牛。牛悠然地嚼食著青青的草，厭倦了這一方，便移步至另一方。牧童往往只穿著一條短內褲，光著黝黑的上半身，在豔陽下嬉戲。再遠處，便是現今三軍總醫院的舊舍，當時或許尚未建造，或可能正在興工，也已不甚記得了。

記憶中，那時一般人的生活都相當樸素。電視機尚未出現，可供娛樂的場所也不多，尤其像我們那一夥剛剛踏出大學之門的年輕人，看一場電影算是大事情，聊天抬槓子倒是常有的樂事。

開始的時候，彷彿是不定期的，三三兩兩有人來我們的家聊天，一星期當中也沒有選定什麼特別的日子。朋友們隨時高興就來按我家的電鈴，只要豫倫或我任何一人在家，便可以賓至如歸地乘興談天說地。由於豫倫學畫，我攻文學，我們的朋友也多半是所謂文藝圈的青年，不過，當時絕沒有刻意成社結黨的念頭。那樣的結合交遊，大概只是學校生活的延續，乃是自然的事情。我們的朋友都尚未成家，有人已經找到了固定的對象，難免形影不離出雙入對，但大多數還是形單影孤獨來獨往的。我們的客廳不知從什麼時候開始，成為大家可以高談闊論，抬槓子互不相讓、爭得面紅耳赤，卻又無礙友誼的場所。

所談內容都是些什麼呢？已不甚記得了；只記得絕少閒話他人是非，也不太談及政治現實諸問題。至於何以如此？於今追想，可能是受到當時整個大環境影響所致。當時的臺灣社會，不僅物質方面較為匱乏，人際關係亦相當單純；同時不可諱言的，政治思想方面的管制既嚴格，又缺乏充足的媒體報導，及開放的言論自由，一般民眾，甚至知識分子，都無法論及現實社會，或政治制度等問題。相關知識的取得管道幾被完全堵塞，又恐怕惹是生非遭羅困擾，因此大家對於某些話題不免顯得冷漠些。冷漠？難免是有一些，但年輕人對文藝知識的追求卻是十分熱切的。當時大家的見解未必成熟，有些理論性的探討，現在回想起來，也多少是浮誇武斷的；然而，各執一端的激烈爭辯，卻純出乎對於知識的眞摯關懷。

當初，朋友們或單獨的，或三三兩兩的來訪，彼此間並不一定認識，但在我家客廳相遇相談後，自然便也相識熟稔起來。逐漸的，不記得何時起始，也忘了何人發起的提議，認為何不將那一類有趣且有意義的交談定期舉辦，使同儕能有機會聚集一堂，也使得內容更形豐富，氣氛愈呈熱烈。分頭徵求意見的結果，遂選定隔周的星期五晚餐之後，有空閒者便來我們那一幢坐落於羅斯福路三段一七八巷二十一弄三號的小房子聚敘。沒有任何規則，也全然不講究形式，那樣的聚敘，純出於大家共同的興趣與需要罷了。其所以擇定周五晚間，大概是顧及多數朋友的方便吧。至於兩星期會見一次，恐怕是擔心太繁密的期限會形成心理上的壓力而適得反效果；朋友們是否另外也考慮主人方面的方便等問題，便不得而知。其實，年輕的大家多數不甚世故多慮，而豫倫與我又都十分好客。兩個人的小家庭是無拘無束的天地，我們只須當晚早些用餐，將家中所有的椅子、凳子，和坐墊都搬到客廳裡，再準備一大壺茶水及瓜子、花生米一類的零食供談助就行了。

來參加禮拜五清談聚會的朋友究竟有多少人呢？彷彿每次總不免有人因事未克參與，也往往有人會臨時帶幾位新朋友來。如今怎麼聚精會神也記不全所有的人名了；三十年以後的今天尚能清晰記憶的有：尙文彬、孫家勤、白景瑞、劉國松、白玲、楊承祖、楊樹森、王貴苓、王保珍、柯維昌、翁宗策、錢家驊等十二位。

文彬、景瑞與豫倫，三人同年考入師範學院藝術系，後豫倫因病休學一年，故又與家勤、國松成爲同窗。他們五位所學相同，故而勢力最強大，常常影響談論的主題。貴苓、保珍與我是臺大中文系及中文研究所的同班女友，承祖畢業於師院國文系，後又考入臺大中研所，因此我們四人攻讀中文，在人數方面僅次於藝術系出身的五位。樹森是貴苓的青梅竹馬之交，較我們早一年畢業自師院史地系，那時大概已任教於北一女，他只要得空便與貴苓相偕而來。維昌是師院音樂系出身，與豫倫同年畢業，平時也是我家常客，他因單身無牽掛，所以幾乎很少缺席。宗策雖與我同屆畢業自臺大外文系，在校時並不熟稔。他與豫倫同年考取藝術系，次年重考轉入外文系，婚後才成爲豫倫與我共同的朋友。十二人之中，白玲年紀最小，當時仍在臺大就讀法律系，她有時與國松同來我家，靜靜旁聽別人的論談。家驊是豫倫工作上的朋友，二人年紀相若。他雖任職於中央信託局，平時來訪，與我們交談的內容卻一不及於商務公事，喜愛音樂和文學、藝術，故於獲悉我們的聚會後，也時時趕來參與。

初時，只像是一種集合小型爲大型的漫談聚敘而已，並沒有一定的主題，大家只是共處一堂，隨興所至地談論與文藝相關的問題。只因人數增加，意見更形分歧，爭辯的場面亦愈呈熾烈。那一群人當中，文彬、國松與景瑞最爲好辯。文彬的國語帶著濃重蘇北口音，景瑞則字正腔圓，與家勤的京片子不相上下，國松嗓門兒最大。爭論到白熱化時，雖未至於動武，大家都不安於席位，紛紛起身，且復助以手勢，想要壓倒對方的氣勢。「你聽我講，你聽我講嘛！」那是景瑞的口頭禪。他個子較矮，當時尚未發福，已經對戲劇導演有心得，站起來比手畫腳講話的模樣，且不論內容如何，倒是頗有些制伏衆人的架式了。不過。文彬急起來更爲積極，往往跳到對方面前搗住別人正講話的口，一面搶著發言，一面又喊：「你不要說，你不要說。」那蘇北腔調，我至今還是十分熟悉的。有時說到一半，突然發現自己的理論前後互相矛盾，他也會搗著自己的嘴不好意思地笑起來。國松與豫倫，以及同屆畢業的郭東榮、女同學李芳枝等四人，是「五月畫會」的發起者。「五月」與「東方畫會」先後創立，爲當年臺灣繪畫界革新的重要組織。郭東榮與李芳枝很少來訪，但劉國松倒是我們家的常客之一。那時候，大家都是無名小卒，卻是充滿藝術理想的無名小卒，頗有藝術革新之責任捨我其誰之概。當時的「五月」尙未走入抽象之途，還在各自摸索的階段。豫倫與國松因同組畫會，所以論及技巧方面的心得也較多。國松爭論激烈時，面孔嚴肅而脹紅，時則又禁不起旁人逗笑，也會瞇眼笑露一排潔白的牙齒。豫倫平時未必能說善道，但辯論之際，彷彿竟也了變成了另一個人，頗能滔滔不絕。

中文系出身的四人之中，貴苓、保珍與我三人屬同年紀，楊承祖年紀較長，也最能論辯。有時談到文章載道或藝術高蹈一類題目，大家只得聆聽他引經據典長篇大論了。與三十年後之體形相比，當時的楊承祖簡直只能算今日楊承祖的輕量級罷了，但他究竟比別人胖許多，所以大家總習慣喊他「胖楊」，甚至於我們的師長在課堂之外也如此稱呼著，而他竟也異想天開地幽自己一默，自創了一個音義兼及的字——「胖」。承祖是湖北人，擅長唱老生戲，樹森是山東人，也擅長唱老生戲；他們兩位都姓楊，胖瘦有別，扮相自異，而嗓音各有千秋，偶爾也清唱一段娛友。豫倫和我總要連忙關閉門窗，以免深夜擾及鄰居。

維昌是唯一學音樂的，那時大概在某中學任教。豫倫說他人雖長得清癯，音質頗佳，畢業演唱會的表現，令人印象深刻。但是小柯「惜音如金」，不肯輕易在私人場合歌唱，頂多只輕輕哼幾個音階供講解之用而已，所以我們始終沒有耳福聆聽過他唱完整的一首歌。我日後又遇見過好幾位聲樂家，也都有同樣的矜持與顧忌，其中或者自有什麼道理的吧。

翁宗策初時給我的印象不佳。瘦高的他，衣著有近乎名士派的邋遢相，常愛戴一副紫藍色的圓形墨鏡，有些像後來英國搖滾名歌手藍儂的模樣兒。又經常騎一輛與身材極不相稱的老式矮單車。舉動頗與衆不同，吊兒郎當滿不在乎似的，教人側目。不過，認識交談之後，始知他除了懂美術的許多理論，英文程度頗高，自修甚勤，且又說得一口漂亮精確的日語。大學畢業後，好像曾在臺灣銀行國外部任職，閒時也常常還是騎那一輛矮單車來我家。宗策喜歡側著身子聽別人論爭，偶爾插嘴，往往一鳴驚人。當年由於畫界與新詩人的推動引介，西方文藝新理論漸受國內青年知識分子矚目，但相關書籍的購買既不易，而大家閱讀英文的能力也遠不及外文系出身的宗策，乃有人提議，請宗策負責閱讀後，再為我們講介，以滿足如飢似渴的求知慾。大概存在主義，是討論最熱烈的一項吧。

由於這樣的聚談能化散漫的主題為統一，星期五夜敘乃逐漸改進為具有題旨的談論方式了。其實，談論得較多的，仍是繪畫方面的問題，諸如西洋繪畫演進的歷史及理論基礎，乃至近代畫壇上各種派系的中心思想等等；此外，由於家勤專攻國畫工筆，似乎也為大家分析過工筆與寫意方面的問題。家勤年少時生長於天津，標準的國語夾帶著詼諧的口吻，臉上的表情特別豐富，也是至今令人難以忘懷的。

其實，禮拜五的夜談並不一定都是嚴肅刻板的討論，友輩相聚，笑鬧逗樂也是常有的。大男孩們剛脫離學生宿舍的生活，許多學生時期的習慣依舊留存著；雖然或教書或服務各界，老友相見，時光彷彿又倒流了。記得文彬、小白，與國松最愛言談間夾帶三字經。初時頗令我和我的女友們尷尬，但後來逐漸明白，那是他們表示親暱方式之一，談話的氣氛愈熱烈，彼此愈不拘小節，三字經出現的頻率也愈高。多年後，文彬赴比利時深造，豫倫旅遊過境相訪，據說在機場相見的第一句話竟也是那三個字。我想，那三個字必然已昇華為代表深厚友誼象徵的吧？

偶爾，大家也會提早到我家來聚餐，每人做一道小菜，各顯身手。印象最深刻的是，白景瑞自稱拿手的麻婆豆腐，味道香濃麻辣。但小白做那一道菜肴，卻幾乎用掉了半瓶醬油！而當時我結婚未久，廚房的經驗也尚未足，每回宴客，總有一道五香排骨，那是和豫倫交友期間自一位路邊麵攤的胖老闆處學來的。家勤是北方人，他教我做「火雞菜」。所謂「火雞菜」者，即是細切白菜、紅蘿蔔，及青蔥、香菜等，用鹽、味精調味後，澆以熱花椒油即成。清脆可口，美觀實惠，頗受大家喜愛。其所以稱爲「火雞菜」，則又有一個小典故：原來，學生時期住男生宿舍，家勤也曾調製過此道北方口味小菜，同寢室的臺南籍同學見了大喊怪異，稱道：「這是什麼菜嘛！跟我阿母每天清晨切給我家火雞吃的一模一樣！」至今難忘家勤那一道清香可口的「火雞菜」，也難忘他眉飛色舞地口述逗趣故事的情況。走筆至此，忽又憶起一個寒流過境的冬日午後，豫倫尚未下班，我正一個人在廚房準備晚飯，家勤突然來訪，進門便嚷嚷：「可把人給凍慘了！有沒有什麼熱熱、甜甜、濃濃的東西吃？」我想了一會兒，連忙燒些開水，沖一杯滾熱的可可給他，加入許多的糖和許多的奶粉。「啊，這正是我需要的！」他用凍紅的雙手捧著大杯子，邊呵著熱氣、邊啜飲起來。大家都不富裕，然而些許的東西裡，彷彿洋溢著濃郁的溫暖，人人都很容易滿足，而且充滿感激欣喜的心情。

每雙周聚敘的夜晚清談，就在那種嚴肅而友善的氣氛下，大約持續了半年，或者稍長的時間。有時人數較爲齊全，濟濟一堂，有時也不免於談客寥落，卻也未減談興；後來便漸漸更形寥落了。有人結婚成家，難免增添現實生活的忙碌，有人因工作而離開臺北，也有人出國留學深造去了。依稀記得，其後又有莊喆因暫住師大後面近我家，也時常來訪相談，但畢竟天下良辰美景賞心樂事，四者難并，「禮拜五會」自自然然地形成，也自自然然地消散了。

其中有些朋友至今仍維持著聯繫，有些人卻不知不覺間斷絕了音訊。貴苓、保珍、承祖和我在臺大留任教職；但貴苓與樹森婚後若干年即辭職赴美定居。承祖一度曾應聘新加坡的南洋大學，其後又返歸母校任課。文彬於比利時留學、成家，如今已舉家遷居加拿大，在法語系統的大學教授建築，暇時仍不放棄作畫。家勤住在巴西，任教於聖保羅大學，他的國畫已臻突破傳統的新境。「五月畫會」從基本成員的四人，逐漸茁壯，先後又納入其後畢業者，甚至更摒除校際成見而接受校外的畫家，但究竟也難免於曲終人散，各奔西東。國松是其後仍孤軍奮戰不已的一位，去年自任教的香港中文大學返臺開個人回顧展，曾有一文發表，頗傷時光流轉；但是當年他滔滔爲畫界革新而辯論的情況，仍拂不去的歷歷如繪在眼前。他和其後來晚了一步的談客莊喆，努力不懈的表現，是極可敬佩的。景瑞果然自畫界走向戲劇，曾赴義大利學電影，又回臺灣攝製了許多爲人稱讚的影片；但朋友相見，仍稱呼他「小白」，而私下的影評意見，亦總還是直言不諱的。家驊已在多年前受銀行界重視，據說調往美國任要職，近況如何，則不甚清楚；我記憶清楚的是他當年熱心的旁聽，以及他喜好音樂，和對音響器材的講究。至於另一位旁聽者白玲，更已斷絕信息多年了，當年美少女，大概也已步入中年了吧。維昌呢？他曾爲大家講解音樂欣賞諸問題，總是有許多鬱悶不樂在心頭的樣子。未知他仍留在臺灣？或者也離開了嗎？宗策大概也可能尙住臺北市吧？

我依稀是記得的，每回談罷送客到大門口，總要互道：「下下個禮拜五再見！」心裡十分珍惜期望著下一次的會面；而今友輩星散，會面之期緲不可待。至於那一幢坐落於羅斯福路巷弄中的小屋，則早已於十餘年前因都市計畫之實施而夷爲平地，變成今日臺北市一條幹道上的一個不存在的點面了！

有時，我小立街頭，只見熙來攘往盡是忙碌的陌生人群，各型車輛在我們曾經歡笑過、爭辯過的那一方故址上飛馳。一切彷彿存在發生過，又彷彿是虛浮夢幻的，我不免懷疑。可是順筆追憶，那些人，那些事，那些美好的往日，似又都一一可以把握了。

——原載一九九〇・九・十三《聯合報》副刊

風之花

風之花，僊僊飛舞著，在寒意猶勁的晴日。

較羽毛更輕更小，似花瓣而又略略大的，如白花如白羽也似細緻瀟灑的雪，自湛藍的天空輕輕緩緩地飄落下來。一片、兩片、三片、五片……，數不盡、滿天周遭都是風之花，未及著地便化爲烏有，有些在枯枝間，有些在屋上就消失了，另有一些卻消失在行人的髮際或肩頂。「這樣的雪，很難得遇到，叫做『風之花』。」我的朋友用戴著手套的掌心接著那似有若無瞬即消失的雨雪花說。

啊，「風之花」！我看到風之花飄落旋即融化在她刻意染過卻又掩不住稀疏的頭髮上，在厚重大衣的毛織圍巾之上；有一種感覺湧上心頭，一時不辨是讚賞還是感傷。

在銀閣寺道的一隅重逢後，我們就順著這條京都東北區的人稱爲「哲學之道」的小路漫步著。說重逢，其實是經由安排的。三個月前獲知來此演講，我就和她寫信、打電話，彼此在繁忙的生活日程中，終於找到了這個留白的午後。「最想看哪裡？天涯海角都樂意奉陪！」二十年過去了，外貌顯然已不同於往昔，可她的熱情似乎依然是舊時模樣。最想看哪裡呢？我問自己。哪裡都想看。對於京都這個二十年前旅居過的地方，實在有一些些「情怯」。思念著、懷想著，時時夢縈著的地方；一旦來到，竟有一些怯怯的情緒。好比極想飽覽，卻不免先拿一樣東西來擋著眼前，然後按捺抑制著興奮衝動，一點一點將那遮擋的東西往下滑落，先看到一些，然後又看到一些，然後再看到更多，終於擋眼的東西全部滑落下，雙目終於豁然看到了全景。

還好，京都的生活步調依舊十分緩慢。二十年來，部分的地下鐵道據說已完成，悠悠穿梭市區的有軌電車幾乎都消失了，然而地面上的景象大致沒有改變多少。沒有改變多少吧？我想。可是，眼前的人是有一些改變。當時她自稱「初老」，其實是頗有些自詡的。那種熱情、浪漫與幹練，確乎與實際年齡不甚相符。大概是愛情的神祕力量使她那樣子精神煥發的吧？那是一種不爲世俗道德所容的愛，隱祕的抑壓的情慾，徒增相會時的歡樂與痛苦；她卻耽溺於那種歡樂與痛苦之中，而彷彿漾蕩著十分悲壯的情懷。「並不是爲了對方的聲望或地位，只因爲相知相許的痛苦的愛情……。」我忘不了她曾經告解似的傾訴，「我是他活下去和獻身工作的力量泉源。儻若對方罹患了癲癬瘋瘋，家人把他丟棄街邊，社會不願一顧，我願滿心喜悅地將他撿回來……。」也忘不了她噙住熱淚的表白。爲什麼要對我傾吐一切呢？我不過是一個相識未久的異國朋友而已。但人與人的交往固有緣分，恐怕當時也是出於某種帶有距離的安全感使然吧。然而，我卻因此無端分擔了一份異國戀情的歡愁經驗；也只能隱祕抑壓地……。

而我剛剛正是從她所稱的「對方」那裡暫訪辭出。辭出時，得悉我將與她在銀閣寺道見面，他佯裝若無其事地叮嚀：「千萬記得代我問候一聲。」多麼拙劣的佯裝。我若無其事地頷首，表情大概同樣拙劣不自然的吧。我頻頻回顧，心中隱然作痛。什麼是聲望與地位？我見到的只是一個佝僂弓背拄杖的老人；那老人在細格子木門邊含笑目送我，直到我走完長巷轉出大街，才將那蒼老的身影遺落在視線之外。

說什麼相知相許，說什麼山盟海誓，世事總難逆料，而愛情大概也只是世事一象吧。二十年的時間裡，容或有一些不變，畢竟還是難免有許多變化。我兀自眼角微微溫潤起來。寒風迎面吹拂，頗爲凜冽。

選擇了這一條「哲學之道」漫步，其實不是沒有原因的。二十年前、五十年前，甚或更早的年代，這一條樸質的小路，因爲地近大學和研究所，許多在職的，以及退休的文人學者，喜愛到此散步。清晨或黃昏，他們也許衣冠不整，有點不拘小節的樣子吧？離開書桌，步出書齋，據說他們徜徉在這條有櫻花和柳條的小路，呼吸著新鮮的空氣，紓散讀書思考的緊張，也許尋覓思維詩趣的靈感，還是更有其他個人的隱祕的心事嗎？無數的足跡履痕踏印過，旋即遺失在無涯的時光中，遂令小路漸漸贏得「哲學之道」的雅稱。

二十年前我羈旅的木屋小房間，便是在臨此「哲學之道」的起程處。「要去看看你的老家嗎？」她善體人意地側頭問我。那間二樓的小房間，似乎沒有什麼改變。未嘗施漆的木板牆，和往昔一樣暗淡，過時的兩扇玻璃窗，也依然緊閉著。雖只是六席大小的空間，終究是鎖過一些歡愁記憶的。「算了。不要去看吧。」我反而加快步伐走過屋前，怕一不小心看見一個陌生人拉開窗子探首，或是從那窄窄的木門走出來。

風之花，沒有重量地飄落著，完全沒有妨礙我浮動的感思；大概也沒有妨礙我朋友的感思。她其實是斷續地同我講一些什麼話的，我漫應著，卻有點心不在焉。她綿綿的京都腔，就像是空氣中到處都是的風之花，我聽見了看到了，可是常常忘了那種存在；那種存在好像是不存在的存在。

小路的左側是溝圳，水淺淺的，清澄潺湲。路的右側是連亙的屋宇，都是些矮矮小小的老房子，最高也不過是二層樓的建築。從我的故居往前走，大部分是當地人世代相襲的住家。老舊，卻整潔有致，像曾經美麗過而有教養的婦人，老了，但十分有尊嚴有韻味。間亦有些小鋪子夾雜住戶之中，也含蓄地做著各種買賣，並沒有破壞大體觀瞻。

我們走到銀閣寺道的岔路，猶豫一下，終於捨遊客較多的銀閣寺，而右轉步向法然院。法然院是我二十年前常訪的小寺院。山門葺頂，頂著蒼老的青苔。跨過山門，右邊是石庭，依稀二十年前的帚痕猶在，左邊是綠草叢木，蒼蒼茫茫。泉池、佛殿和石塔，沒有一處不相同，只是，風之花下的法然院，倒是我未嘗經驗過的。我們繞到佛殿正面，有一座香爐，一條長繩自屋簷垂下。我的朋友合掌膜拜，拉一拉長繩，鐘聲幽幽響起，她多紋的眼角，似有虔誠隱藏其間。我也合掌，拙笨地拉動長繩，勉強撞出一點聲響。方才她是許下了什麼願望嗎？我無法猜測，但我自己內心只是一片空白。

法然院的後方略呈陡坡，有一處墓園，地近山麓，終年潮濕，又林木成蔭，晝間也是陰沉幽暗的，只有中間石板路上照著一點陽光。她走在前面領路，我緊隨跟蹤，兩個人都微微喘著氣，不再言語了。背影有些龍鍾。快七十歲了吧？也許已經過了七十歲。「愛是一輩子的事，到老到死……。」記得她執拗地對我說過。但愛情終於變質死去，而今他們兩個人都垂垂老矣。唉，愛情也不過如生命一般脆弱的吧。

我們無言地拾級而上，約莫盤繞數迴，找到了谷崎潤一郎的墓碑。這位以《痴人之愛》、《春琴抄》、《細雪》等細膩耽美風格著稱的作家，也是《源氏物語》語體文的譯者；可是在日本近代文壇上，更轟動的恐怕是他的「讓妻宣言」吧。我的朋友娓娓細述著谷崎潤一郎如何將妻子讓與文章好友佐藤春雄，而自己則又另娶大阪一位商人婦的軼事；這些軼事，我其實也早已知曉的。

在我們的面前，有一對大小相若的枯石，一代文學大師安息其下。二十五年的歲月悠悠逝去，石上已然有苔痕斑駁。左右對稱的枯石上，各刻著「空」與「寂」二字，左方石頭的下端，則又刻署著墓主的名字。據說名字與「空」、「寂」都是他生前所寫的毛筆字跡。谷崎潤一郎大概是深愛這幽靜的法然院，所以選擇此地做為永遠的棲息之處，那墓碑的安排，或者也是出於他自己的願望。然則，生時的盛名與愛恨葛藤種種，最後只餘「空寂」二字嗎？

空石與寂石，在終年不見陽光的山麓林蔭下靜靜對立著。我們蹲下身，依照日人潔祭的儀式，用木杓舀水澆淋碑石，然後低首合掌。我心中似乎盤旋著許許多多感慨，竟反而更接近一片空無的境地。

我的朋友面容顯得凝重傷悲起來，可能是追念墓下人的種種，也或許正想到她自己的一些往事。我們在墓碑前並立了一會兒，沉默無語。一隻烏鴉飛過，遺落沙啞的啼聲回響在墓園中，那身影卻被繁密的樹枝擋住而不知去向。

「走吧。」這次是我體貼地催促。她點點頭，無意間讓我看到眼眶裡晶瑩的東西。下坡的回路，我走在前面；心想，這樣子也許好一些。至於，我自己眼角無端有熱熱的東西溢出，是什麼原因呢？是不是周遭的空氣太冷的緣故？

走出墓園小徑，仍然是「哲學之道」的延伸，可以直通達南禪寺。究竟何處是終極處呢？衆說紛紜，則又恐怕端視各人體力和漫步的興致而定，何況，詩懷哲思又豈可以道里計數。

這裡沒有車輛行駛，在這個觀光的淡季，連行人都稀少。我們奢侈地並肩走在路中央，漫步著、漫談著。可是，自從步出墓園後，兩個人的心似乎分別踏上岔開的兩條路，各自恣意地徜徉在自己的心路上，卻又能藉著尋常漫談同行在這條幽靜的道路。巨大的枝枒在道路左側的斜坡上，樹葉並沒有全部凋落。稀疏的枯葉與繁密的枝枒遮蓋了小徑的大部分，溝圳不知從何處轉到我們的右方來了。

有時彷彿聽見什麼人的腳步聲，我回首，覺得看到谷崎潤一郎，和服、木屐、枴杖的輕裝。

有時彷彿又聽見什麼人的腳步聲，我回首，覺得看到吉川幸次郎，傲然昂步的樣子。

有時彷彿又聽見什麼人的腳步聲，我回首，覺得看到青木正兒落寞寡歡的神情。

彷彿有時又聽見什麼人的腳步聲，我回首，卻看不到什麼人，只見被我們拋落在後頭的林蔭小徑長長。

終於走出了林蔭，周遭卻依然灰暗著，先前的晴空不見了。

哦，原來是氣候轉變了，不知什麼時候，雪也停止了。
風之花，不再僊僊飛舞。

——原載一九九一·四·十四《中國時報》副刊

尼可與羅杰

尼可是房東的先生。正確的稱呼是尼可來・波勃。他是我的房東希薩・麥裘的丈夫，但是由於居住西雅圖三個半月的期間裡，我始終沒有見到麥裘女士，所以總是把尼可視爲我的房東。

殘夏八月底的一個下午，我飛抵西雅圖，帶著兩隻行李，從機場直赴那一幢小木屋。

尼可應門鈴出來迎接，熱心地替我搬運沉重的皮箱。他是一個望之若四十歲許的瘦高男士，有濃密的眉髮和鬍鬚。溫文有教養的舉止，以及略帶外國口音的英文，令我乍遇時以爲是希臘人；爾後乃知是保加利亞人。

尼可給我和我的朋友介紹另一位金髮的青年：「他叫羅杰，是租我們樓下的。」羅杰羞澀地同我握手，只說一句：「我只是上來歡迎你。」便自邊門下梯，回到他的房間。在稍黯的餐廳角落，匆匆一瞥，我根本來不及看清對方的形貌。

我與我的房東以及他的房客首次見面的情況，便是如此簡單而短暫；然而，在從殘夏到冬季的異國獨處，他們兩個人彷彿成爲我生活中熟悉的陌生人，或者也可以說是陌生的朋友。

羅杰住在樓下，但他大概是比較內向的青年，而且也十分安靜。我們共用地下室的洗衣機和烘乾機，那兩臺機器是放置在他的房門口，但兩個人從來沒有在那個空間不期而遇，許是彼此有意避免造成那樣的場面之故，亦未可知。

木造的建築物，防音效果較差，通常樓上的舉動、步行聲都會傳達於樓下；反之亦如此；但是，羅杰實在很安靜，除了進出之際開關房門之外，幾乎沒有什麼很大的聲響。我判斷樓下房客是否在家，往往是需要撥開飯廳的百葉窗簾，看看屋側的通道上那輛棕紅色的車子有沒有停放著。那一條窄巷，是我們的露天停車位，如果我先回家，那租來的淺藍色小轎車便停駐在前面，晚歸的羅杰，會將他的車停妥在後面。

羅杰和我的生活習慣及作息時間不太相同，可能也是我們很少見面的原因。好幾次深夜裡，我從百葉窗簾的隙縫俯視巷道，只見澹月冷冷地照射著我的車子，那後面空著的泥地上，徒有野草數莖在風裡搖曳。想到在這異鄉的小木屋內，樓上樓下就只有自己一個人，便有十分孤單落寞的感覺。時則睡夢中忽聞下面的門開啓又關閉，偶爾也雜一兩聲抑壓似的咳嗽，遂彷彿候得夜歸人，翻一個身，安然踏實地續夢。

西雅圖的殘暑，很快就被秋風吹散。九月以後，天氣逐漸轉涼，落葉不知不覺間已厚積在陽臺外的小院裡，不時見到街坊鄰居們勤快地扒掃著黃葉。我有了一間暫屬於自己的辦公室，日日往返學校，開始準備授課的大小事宜，生活也逐漸上軌道而忙碌起來。幾乎有半個月的時間，我沒有工夫去注意樓下的動靜；也許，我已習慣於那樣的生活方式了。我們雖然居住的空間只隔著一層地板和天花板，自移居之初遽爾一面後，已有多時不曾遇見。

罷了，這樣也好。反正這一趟來到西雅圖，只是短暫的一季居留，無需多認識人；我甚至於對風景也有意保持冷漠，怕走時徒增眷戀之情。

倒是尼可來．波勃先生有時會來取信件，或查詢居處有無不便之類的問題。他每次回到自己的家，總會禮貌地事先打電話徵求我同意，又耐心地揿電鈴，等候我開門。有時候是堆積的信件多了，或者有什麼緊急事情發生，我打電話去邀請他過來。

那房子不大，進門處有一張書桌，桌旁一架打字機，不知是尼可使用的，還是他的妻子希薩所有？大概是他們夫婦共同所有而交替使用的吧？我總是把他們的信件放置在打字機邊上，所以尼可進門便伸手可及那些東西。他站在那裡，瘦高的身影擋住屋外的光線，我和他說話，須得吃力地仰著頭。

尼可總是禮貌地，謹愼地站在門口取信，迅速辨別屬於自己的，以及一些從前租過此屋的房客們的，然後，道別、轉身，鑽入那輛跟他的身材不甚相稱的小型車內。他原是屋子的主人，一切舉止卻看似普通訪客；而我竟暫充屋主的角色。由於一紙租屋契約，而使彼此的角色易位，寧非滑稽有趣？

其實，那張租契也不過是簡單的說明而已。說明每月房租若干，何時寄支票，以及水電雜費由誰負擔一類的事項。簽署者是尼可的妻子希薩・麥裘。她是華大英文系的教授，也是一位頗有名氣的詩人。每年只教半年的書，餘下的半年，經常在外地寫作。這次，她獨自開車赴東部，住在一個半島上。

從家裡遺留的相片看來，麥裘教授是一位細緻的中年婦人，年紀約莫比丈夫大一些，而且有一雙漂亮的子女。她可能帶著子女去東部居住，所以尼可獨自另租了一間單身的住所。尼可與希薩的婚姻有些不同尋常。一個出生於美國的婦人，怎麼會嫁與一個比自己年輕許多的東歐男子呢？我不免有些好奇。但是，念及三個月以後，將離開這個暫時租借的房子，一切都會成爲不相干的記憶，遂決心不必多費精神猜測他人的生活了。

儘管我已決心不再猜則尼可和希薩的事情，但是，每次匆遽的來訪，交談之間難免會留下一些印象，而令我對於這一對陌生的異國夫婦逐漸有了些許認識。這好比拼圖遊戲，原本是撒落一地的碎片。理也無從理起；無意間掌握了一個角落，那完整的圖面竟有展望的可能性；而且逐漸引人越發產生徹底整理的期盼了。

十月中旬過後，入夜已頗有寒意。我想使用暖氣設備，但整個暖氣系統不知何處發生了故障，遍試無效，只得打電話請尼可來查看。畢竟是自己的家，尼可樓上、樓下地奔走勘查，費了很多精神，終於找出故障的原因：石油枯竭了。「一整個夏天都沒有使用過暖氣，忘了請人來加添油呢。」他用手背揩拭額際沁出的汗珠，那汗水甚至於沿著濃密的眉毛滴入眼中。我注意到那一雙濃眉下是深邃有神的眼神，眼珠是藍灰的，帶著些許詭譎的色彩，卻又蘊藏著溫文善良的氣氛。

尼可立刻熟練地翻找電話簿，通知石油公司派人前來注油，但是夜已深，至少要候到明晨才會有工人來。

「這樣吧，我來替你升一個火爐。很管用的。」尼可便又忙忙碌碌到後院的扶梯下面去搬運儲藏的木塊。客廳的中央部位有一座樸質饒富古趣的生鐵壁爐。他在爐前將報紙、木片等物點燃做火源，稍頃，柴火就在爐中必剝作響，眼前果然有了一座火光熊熊的壁爐。

「看，這不是很簡單嗎？有時不妨試試燒壁爐，挺有意思的。希薩和我都很喜歡燒壁爐取暖，是別有情趣的。」他望入熊熊的火焰說，瞳孔中映著那火光明亮。尼可繼續蹲在爐前，爲成功地升起柴火而感覺興奮和驕傲。

「喝一杯茶吧。你辛苦老半天了。」我囁嚅地邀請，同時也想好了萬一對方拒絕時的應對之辭。沒想到他竟然滿心歡喜地答應了。於是，我請他去盥洗室洗淨弄髒的手，自己則迅速走進廚房準備熱茶。

壁爐前有兩隻簡單的沙發椅，尼可和我各據一方，喝著新沏的茶。屋內的溫度逐漸升高，茶的清香又增添幾許溫馨的氛圍。外面是濛濛的細雨。我們用帶著不同口音的英語交談著，談一些風土人情，談一些社會政局，也談一些各自的家庭生活。

尼可說他的妻子是一位十分獨立的女性；半年在華大教文學，半年去外地尋覓靈感和寫作；樓下的房客便是她的學生。「羅杰偶爾也在文學的刊物投稿。他是極有潛力的青年詩人，假以時日，必然有可觀的成就。」這是他對那個羞澀而安靜的年輕人的讚許。

「你也寫詩嗎？」我終究抑制不住好奇而問。

「哦，不。我時常寫評論的文章，不過，跟羅杰及我的妻子不同，我不寫詩；我只是愛讀詩。」接著，尼可告訴我，他目前仍在華大英文系攻讀博士課程，兼任英文及英文寫作的教職。（然則，他原是麥袞教授的學生嗎？）我心中產生更大的疑惑。但是，這樣的問題太唐突，不便發問，所以繼續談著一些關於大學教育及學生素質等的問題。尼可感慨地嘆道：「美國的大學生太舒服了，他們根本不用功。我很驚訝於他們英文程度之低。我在歐洲讀書的時候，一般說來，歐洲，尤其東歐的大學生，比較成熟，程度也較高。」說完，尼可忽然起身。「我應該告辭了。謝謝你的茶。」

茶已涼，夜已深。尼可留下一壁爐的溫暖給我，消失在西雅圖陰濕的夜色中。

開學之後，生活忙碌而有秩序。由於課都安排在午後，我總是匆匆吃些簡單的午餐才出門。一個人的時候，我愛在廚房窗邊的小几上吃食。那窗子與後門並行，坐在火車座式的餐椅上，正好看得見後院子，矮牆之外的後巷，幾排後巷的高低房子也一覽無遺。入夜後，我會把窗簾拉起，午餐則喜歡隨便看看草樹、屋舍和偶然走過的行人。

一天午餐時，忽然看到羅杰正靠著磚牆坐在草地上晒冬陽。他好像在閱讀一本書，十分專注的樣子，所以並未察覺我正俯視著。

我想起正好有一個女學生做了一盒糕點來，十分新鮮可口，便從冰箱裡取出一半，切成小塊放在塑膠盤內，出門時繞到後院子。羅杰見我走近，並沒有起身，只是仰起頭來笑笑打招呼。他戴了一副細金邊的眼鏡，陽光正照射著鏡片，遂舉起一手遮擋著。他瞇著眼睛，白皙的臉晒得紅紅，是一張帶著些許稚氣的臉。對於我很誠懇的餽贈，他很誠懇地接收，並且道謝。

「令尊近況好嗎？我是聽尼可說的。」尼可曾在閒談間提及羅杰的父親羅患癌症，纏綿病榻多時。

「情況不太穩定。這就是我有時三更半夜才回來的原因，希望沒有打擾你。」

由於要趕去上課，我沒有多逗留，簡單交談，即匆匆離去。臨走時，瞥見羅杰攤放在草地上的書，那是一本詩集。開車從側巷駛出時，在照後鏡裡看見羅杰已從盒中取出糕點享用，又繼續在讀詩，煦和的冬陽照耀著他鬈曲的金髮。

關於羅杰，我沒有多少了解。也許這兩天來，老父的病情稍微穩定；也可能家族中其他的人在照料著；他有母親嗎？有兄弟姊妹嗎？人活著，不免遭遇一些悲歡哀樂。羅杰的父親羅患了不治之疾；而此刻，年輕的詩人在冬日午後的陽光下，吃著我送他的糕點，讀著一本詩集，看來是那麼和平閒在；究竟，我們如何能從外表去揣度他人內心的心事呢？駛向學校的路途十分寧靜，我的思緒卻一路起伏不定。

樓下的房間，大概只出租給單身者，似乎僅有盥洗室而無廚房，所以有時從羅杰進出的時間，可以推斷大概是出外用餐去了。我們共用的洗衣間正當他進出的通道上，洗衣機旁一張簡單木桌，平時放置幾本雜誌。一次，下樓洗衣時，看見羅杰留了一張紙條，表示將出門幾天，希望我把屬於他的信件取進放在桌面上。從此以後，那桌面變成了我們留字通訊的地方。偶爾，我會放一些簡單的食物請他享用，隔幾天，便會見到致謝的字條。

感恩節的前幾日，下樓洗衣時，發現小桌中央明顯的部位，放著一小籃子的紫色花卉，下面壓著一張紙條：「感謝你對我的關懷，送這株非洲紫羅蘭給你。希望你能及時看到這植物；至少，你可以留著這個小籃子。羅杰。」那鉛筆的筆跡十分零亂，是寫在一張撕下的筆記本紙上。

往後的好幾天，樓下靜悄悄，沒有人進出的聲音。是不是感恩節之前羅杰父親的病情惡化了呢？難道在匆匆趕回家之前他仍記得留下一籃紫花給我嗎？

而感恩節一過，時間便急速地滑向年終。期末的忙碌，加上被周遭渲染的聖誕節氣氛，異國的歲暮熱鬧而落寞；學校在聖誕節之前結束，我也即將要結束短暫的教學生活，整裝離開西雅圖了。

離開西雅圖的前幾天傍晚時分，我打電話約請尼可來。我已經把房屋洗刷乾淨，準備交還之前，讓房東查看一番。尼可似乎被什麼事情耽擱了，遲遲未至，而北美的冬季，天奄忽就黯下，我只好匆匆吃過晚飯候等。

尼可約莫八點鐘才來到。「臨走時，有朋友來。」他解釋遲到的原因。

「其實，用不著看。每回來訪，我都注意到你把房子維持得很整潔。比其他房客，甚至比我們自己住的時候還乾淨呢！」他並沒有到處檢查，只是站在客廳裡環視。

他穿著一件肘部破了一個小洞的厚毛衣，灰黑色的頭髮有一些零亂。不知是忘了梳理？還是被外面的風吹亂的？那天是一個乾寒的日子，門外漆黑，冷風呼嘯著拂過街側的枯樹。尼可看來有些疲憊的樣子。

「你吃過晚飯了嗎？」我的問話十分中國模式。

「沒有，還沒有。」他笑笑。

「你不介意喝一碗湯吧？還挺熱的。」說完，才有些後悔，怕對方拒絕。但尼可來・波勃先生當時大概相當餓，天氣也十分寒冷，所以欣然接受了。爐子上有一鍋熱騰騰的羅宋湯，我盛了一大碗端出來。尼可便坐在客廳的沙發椅上啜飲著熱湯。沙發椅子是他自己家的，甚至於那瓷碗也是；但他是客人，喝著我做的熱湯。

「湯很可口。像極了我們歐洲人的味道。」尼可邊喝邊稱讚。趕巧，那湯是刻意學著西菜的方式調製出來的。這樣的寒夜，有人分享我烹調的食物，令我感覺十分安慰。

話題遂跳躍過洲際。尼可開始談起保加利亞的一些風俗民情。忽又提到：「多年前，我曾經接我的母親來美國住些日子。你知道嗎？她越住越生氣！」尼可的眼神忽然變得詭譎起來。我並不知道他有一位年老的母親。

「我的母親說：美國的婦女，跟她差不多年紀的，並不比她工作更勤勞，可是她們衣食住行，樣樣比她享受多了。她自己辛勞一輩子，結果，日子過得很辛苦。她實在很生氣，所以不高興看，就回保加利亞去了。現在，她和我的女兒住在一起。」我也不知道尼可還有一個女兒在家鄉。那女兒大概不是希薩生的，而希薩的一雙子女的父親大概也不是尼可吧？

喝過熱湯的尼可，話興頗濃，正侃侃而談。但是，他談得越多，越增加我的疑惑。眼前這個保加利亞男子到底是怎樣一個人啊？自以爲圖面逐漸可辨認之際，錯置了幾塊部位，那拼圖遊戲竟然幾近前功盡棄而徒勞無功；唉，不如將其推置一邊吧。

不知是因爲這個放棄的念頭，還是由於室內稍微溫熱的空氣，我忽然覺得十分疲憊，也就沒有再專注去聽尼可的話。尼可繼續又講了一些關於保加利亞的什麼，最後起身告辭，又禮貌地重申對於羅宋湯的讚美。

送走客人的時候，有一股寒冷的風吹入稍嫌溫熱的室內，帶給我愉悅的清涼。我進入房裡，收拾一些書冊和衣物，盤算著若干天之後就可以回到臺北我眞正的家了。中年以後，人事歡愁已見聞不少，外界的喜怒哀樂則又難免激動心湖，無端添增煩惱。我決定保留一段值得告慰的教學經驗，其餘的人與事，甚至美景與佳俗都歸還給異鄉的風雨景象吧。

臨走的時候，我買了兩本附錄中國圖片的英文記事簿，一本留在客居的書房內，送給尼可與希薩夫婦，另一本放置在樓下的几上。羅杰還是沒有回來。

離開西雅圖的下午，有寒風微雨。

回到臺北，也是有雨有風的季節，我又陷入忙亂的現實裡，在無邊無境無休無止的人情世故責任義務之中，西雅圖的一季，彷彿退得邈遠無由追憶；然而，有時候不經意的，忽然會閃過某些不成串的片段，譬如，冬陽下讀著詩集的金髮青年，或者喝著熱湯談論縱橫的保加利亞人……。

——原載一九九〇・三・十六《聯合報》副刊

見到那個年輕男子專注用力地掘著屋前的一片土地。掘完了一條淺淺的地道，又繼續掘另一條。專注用力，一言不發。汗水漸漸地從他寬廣的額角沁出，沿著太陽穴，流到頰邊和頸上，他用一隻握成拳頭的手急急揮去汗水，然後又沉默專心地做他的工作。陽光豔豔。沉默的青年在灰土中勤奮不懈地掘土，頭髮上蒙著一層黃白的塵埃，他的臉和白色的汗衫也逐漸變得汙穢起來。他那麼專注地俯身掘地，我原本就沒有看清楚他的五官，此刻更無法在灰塵模糊中辨認他的耳目鼻嘴生得如何了。我這樣站著觀察他的一舉一動，看得如此仔細，他卻全然不予理會。我和他之間的距離彷彿很貼近，又彷彿頗遙遠，那鏟子掘到我腳邊時，我整個人似乎是懸空起來，否則他如何能繼續掘過去呢？我觀察許久，不知道他何以如此專注努力，何以絲毫不肯鬆懈，便拍一拍他的肩膀說：

「休息一下吧，你。」觸摸到滿手掌的汗和灰。但他頭也不抬地依舊做他的工作。「休息一下吧。」我又去搖撼他，而青年人絲毫沒有反應，像機器一般地工作不已。或許是一個聾子吧，我想。難道竟是一個痲木無知覺的人嗎？我開始疑惑起來。他終於掘成五條放射型的地道，正好由那間小屋的門前開展向五個方向。他進屋子裡，隨即提了一大桶黑色的黏糊糊的東西。原來那是柏油。但爲什麼屋前需要鋪五條放射線狀的柏油馬路呢？我更疑惑不解了，只是決心不再去自討沒趣地詢問，而靜靜在一旁觀察。年輕男子勤勤懇懇地用一把類似掃帚的東西，將那黑色的濃膩液體從桶中舀出一部分，再將其平鋪在一條條呈放射線形的地面上。太陽炙熱，汗水不斷滴落在地上的柏油之中，他把汗水與柏油一齊鋪整成路。多麼累人啊！我在一旁觀察得疲憊至極，而那青年仍一言不發、一絲不苟地重複相同的動作，鋪好一條路，又去鋪另一條。終於在太陽西沉之前完成了鋪好五條柏油馬路的工作。我跟隨青年人進入小屋內。屋子裡已然是漆黑的晚間氛圍，他摸索了一陣子，劃開火柴點燃一盞古老樣式的油燈，火光爍閃之下，那油燈雖然老舊，卻有銅色的光亮。屋子不大，而且簡陋，中央放置一只殘破的籐椅，籐椅之前架起一大片帆布似的東西。我從對面透過帆布，看見他把先前鋪柏油的桶子放置在屋內一隅，然後走過去坐在籐椅上，凝視那布面良久。我的視線與他的視線可以在空中交會，然而他完全無視於我的視線，只專注地望著那布面，目光肅穆、炯炯有神。我繞過布架，走到他的背後，才知道擺在他面前的是一幅未完成的畫。藍、灰、白，和少許淺黃、淺紅，在畫面上構成無形無狀的一片，彷彿是邃古之初，上下未形、冥昭瞢闇；又接近我某一次的夢境邊緣，靉靆迷離、縹緲虛幻。忽地，青年從身邊的調色板上撿起一把小刀子，將顏料擰擠在刀鋒上，開始著彩於未完成的畫面上。他的手揮動著，如舞者，如指揮交響樂，從背後看不見他的眼神，但肯定是專注的。畫面上的色彩逐漸豐富起來，熱烈起來，甚至於擁擠起來。停止吧，停止吧。太多了，太多了。我很想從背後警告他，但我知道警告也徒然，青年已完全投入他的作畫之中，一定不會聽任何人的批評和勸告的。牆角冒出一個侏儒來。他的臉奇長，腦殼奇大，而且面色蒼白，有如一隻倒置的青瓷花瓶，銅鈴般大的雙眼，與不成比例的塌鼻子，薄薄的擅長嘲弄人的嘴，便是長在那倒置花瓶似的面孔上。那侏儒踩著在馬戲班裡表演似的搖擺腳步，跑到畫架底下，誇張地摀住嘴嘲笑起來：「啊唷，好可笑的畫！」「呀，什麼東西嘛！」「這裡顏色太深啦。」「那邊比例不對。」「修改這裡。」「修改那裡。」侏儒甚至還用他那一雙奇短無比的手臂指指點點，忘了自己的可笑，在那兒嘲笑畫家，而畫家一言不發，眼皮都不垂一下地依舊用心作畫。我原本也頗有些意見的，卻對侏儒的嘮叨十分反感，所以變成倒過來護著畫家。「去去去，走開走開走開！」「不要吵，讓人家畫嘛。」我趕著搗蛋的侏儒，不許他靠近畫架。「　　」「　　」他還在比手畫腳評論著什麼，可是聲音已經逐漸微弱、聽不見了。我終於把侏儒追趕到另一邊的牆角，便索性一不做二不休地把他趕入牆壁內，讓黑闇吞噬了進去。侏儒和那叫嚷聲都消失了，我才放心回頭看青年畫家，他仍然跟開始作畫時一樣地坐在籐椅中，大概什麼都不會吸引他、影響他的吧。繼續又畫了一會兒工夫之後，青年才站起來，他的作畫小刀掉落地上，用雙手吃力地支撐著身子，勉強從籐椅上起來，似乎由於殫精竭慮而變得蒼老，他沒有多留戀一眼，便離開了畫布，一步一步蹣跚地走向侏儒消失的牆角，也消失於黑闇中。屋內只剩下黑闇和我。我坐在沒有餘溫的冰冷的籐椅上，凝睇那幅畫，覺得有幾處筆觸和刀痕太粗糙，便用指尖抹勻了一下，然後挑一枝細筆，在左下方代簽作畫年代——一九九九——。簽完之後，我立刻懊悔起來，因爲我突然才明白，原來那青年所做的一切都是在作品之中，他的掘地、鋪柏油和作畫，都是作品的過程。先前的我是多麼愚騃啊！我坐在籐椅中，無限焦躁、無限懊悔、無限疲憊，但是都來不及了……。

都來不及了。我便是在這種疲憊、懊悔、焦躁之中醒來，醒在子夜自己的床上。確知是夢以後，不免有慶幸不是現實的感覺，但又未能完全釋然。仍然耿耿於懷的是，這一場夢何以如此清晰難忘，又何以這般荒誕卻富啟示？我醒臥在現實的黑闇中，繼續夢境的思索：其實，繪畫、雕塑、音樂、文學或戲劇，單一的作品，都是總合成績的部分過程而已；而即使沒有繪畫、雕塑、音樂、文學，或戲劇等等的作品，每個人的一生都是一個完整的作品，所以每一日每一時刻，都是作品的部分過程；然則，在歷史的脈動中，每一個時代的每一種表現，又何嘗不是那大作品的部分過程呢？

——原載一九八八．六月《聯合文學》

白夜

——阿拉斯加印象

輪船這一天整日在冰山海灣內緩緩轉動。海灣的南北二十五哩長，東西三哩寬，是一個狹長形狀的灣。天氣晴朗，無風亦無浪，船身十分平穩。

晝間的甲板上充溢遊客，舷邊更不易找到一個空隙；人人拿著各式相機或錄影機拍攝白皚皚的冰山群；如今夜已深，興奮的表情與讚賞的嘆聲，有如夢幻一般，不復聞見。甲板上，空空蕩蕩，偶爾見到三數堅持不眠的人。

堅持不眠的我，是爲了一償晝間未能飽覽北地奇景之憾，也或者是想要珍藏今生大概不再的記憶吧。

在十分寬敞的甲板上走了一圈。船舷的右翼是拍打船身的寒波；稍遠處見浮冰漂流，有碎細點點，也有較大的，如猛獸、似奇禽，從不同角度觀看，自能引發不同聯想；更遠處，便是皚皚綿延的冰山群了，連嶂巇嶇，變化無窮，難以言狀。左舷的風光亦復如此。寒波、浮冰，以及巇嶇難言的冰山群。

更上層樓、更上層樓，終於登上最高層的甲板。現在，我幾乎可以不必仰望而平視遠方的冰山群了。

晝間在陽光下，冰層反光，不容逼視；而今是深夜十一時，天依然亮著，卻不再光耀照目。我清楚地看見冰山壘壘峩峩。犖确磷堅的樣貌，卻都蘊藏在深沉的白色裡。其實，不是白色；千萬年、千千萬萬年的冰山，有深刻的白色，是一種滲浸著寶藍色的白。也許這種包容寶藍顏色的白，才是最原始的白色吧。

而藍白色的冰山群，沉寂地矗立於船的左右兩翼遠處。浮冰也是沉寂的，寒波亦然。這靜謐，令我突然欲淚。彷彿我心底的某種思緒逕自離我而去，瞬息之間遍歷皚皚的群峰，帶著砰然巨響回到我最深沉的體內。於是，我聽到群山冰凍的一切故事了。

感覺到冷，是相當冷。氣象預報說，今天的氣溫在華氏四十二度到五十一度之間。天雖然還亮著，如今已是深夜，氣溫當在四十五度以下吧。無人的最高層甲板上，還有一些風吹。我拉起薄呢外套的衣領，一手按著揚起的裙襬，走下扶梯。眼角因寒風而有淚水流出，鼻尖和雙耳也是凍涼的，眞不能相信這是盛夏七月天。

下面的甲板上，也還是冷，但風勢較弱。仍見到三幾個人徘徊著。我看到一個東方人，是一個日本人，他善意地和我招呼。

「還沒有想睡嗎？」我用日本話同他講。

「啊，不捨得這個夜色。」他用十足的美語回答我。

我們站著交談。他告訴我：生長在西雅圖郊外，大學畢業後即在一家美國商務機關任職，負責與日本方面接洽事務，但只會講幾個有限的日語專有詞。已經退休了，興趣是垂釣。

「這次旅遊終了，我要和妻子留在安哥拉契釣魚。」他憨厚的面孔上，有健康的陽光晒過的痕跡。看來是一個喜愛戶外運動的人，但顯然不是能言善道類型。

「我不喜歡金錢買得到的物質。」

「你看，大自然多麼美、多麼偉大！」

極簡短的談話內容，卻足夠令人揣摩他的個性。忽然，他問我：「你怎麼一個人在這兒？」

「想看看北地的夜晚。」我真是有些好奇的。

「誰知道什麼時候天才黑。」他可能也是好奇心重。

我們走到白色的欄杆邊。氣象預報是說：今天早晨五時二十一分日出，晚上十時三十一分日落。如今已過午夜，太陽早已下去了，但天空依然是亮的。我注意到，先一刻碧青的海水，不知什麼時候開始，已轉變爲水銀一般的有重量的顏色了。天色似乎也帶了一些深沉的氛圍。時間並未永駐，唯其似乎運轉得極緩慢，趕不上我手錶上時針移動的速度。

「我看，我要先回艙房去了。明天還得早起。」身旁的日本人說著，伸出厚實溫暖的手：「晚安。我叫早川。」

「晚安。我再多留一會兒。」我漫應著，心裡卻在想，現在不是已經明天了嗎？現在是明天的清晨。只因爲太陽已西墜，如鉤的一彎月淡淡在中天，而天色不暗，冰山又在兩側岸邊茫茫地白著，所以令人不辨是晝是夜。

我探首下望。海水似乎又從水銀的顏色微微轉變呈玄墨，卻仍然有波光隱約。波浪重複著拍打舷腹的單調律動，一次一次無限次，令人暈眩不克自解。

這無數片玄墨有波光隱約的底層是什麼呢？如果我再探首向前往下，會不會被那神祕的深沉吸收吞噬進去呢？

我看見自己墜落下去。一次又一次。

以一種疾速如落石般的重量。

以一種飄忽如羽毛般的輕盈。

以一種翩僊的舞樣。
以一種朦朧的澄明。
我的背脊冰涼。我握著欄杆的雙手因過度用力而僵硬。而我的雙頰何以也是如此僵硬冰涼呢？
我仰首，唯見白夜茫茫無極無限。
我在陌生的阿拉斯加海中某處。

——原載一九九二・十・十《聯合報》副刊

我譯《枕草子》

十年前六月的一個深夜，我譯完《源氏物語》的最後一句，離開書桌，推門走出院子裡，仰望滿天繁星，不知爲何竟有一種泫然欲淚的感覺。有一些些滿足與快樂，也彷彿另有一些些寂寞與悵惘，那種心情是相當複雜的，我至今猶記得。後來，我寫了一篇短文，題名〈終點〉，當時的意思，是想爲五年半的翻譯工作打一個休止符，同時也想爲自己長期涉外務告一個段落，專心回到本行來。

但三年之後，爲了《源氏物語》的修訂改版，我不得不再度以整個暑假重讀譯文，又參照新添的書籍，逐字逐句修改潤飾。等修定之事竣工，我卻領悟：許多事情一經牽纏，便沒有什麼終點可言，遂書〈終點以後〉一文以誌感。那篇文章的最後一句是：「我怎麼知道前面是什麼樣的情況在等待著自己呢？」

果然，越七年後的今天，同樣是炎炎暑期的七月天，我又坐在書桌前提筆撰寫另一部古典作品《枕草子》的譯後感了。距離寫〈終點〉的時間整整十年，十年間個人的歡愁經驗又添增了幾許，可是對人世的迷惘與疑惑倒未必減卻多少。這一次，我不想再做感傷的回顧或浪漫的許諾了，只願意平實地記下翻譯清少納言《枕草子》的經過始末，給自己和讀者們一個清晰的交代。

三年前，我偶然獲得國內一項獎金計畫資助，到歐洲、美國及日本訪問旅行。當時我心中已有翻譯《枕草子》的目標，所以利用長達三個月的旅行時間，沿途所到處，除與當地各大學的漢學研究者會面交換心得之外，更積極利用各圖書館的日本古典書籍部，蒐集《枕草子》的各種版本，以及相關研究著作的資料。

其中，倫敦大英圖書館的東洋寫本版本部（Department of Oriental Manuscripts and Printed Books, The British Library）是我首次接觸到這方面的許多可貴資料的地方。我在倫敦停留期間的住所在羅素廣場，是一個兼具商業和文化的地區，從我住處穿過一個小公園，往左方走便是大英帝國博物館，往右方走就到倫敦大學，大英圖書館的東洋寫本版本部，介於二者之間隔幾條街遠的地方，三處都在步行時間十五分鐘左右的距離內，十分便利。

東洋寫本版本部的日文書籍部主管是一位臺灣籍的中年婦人陸玉英女士。她生長於臺灣，曾先後在日本和英國分別研習日本文學及政治經濟。我認識陸女士，卻是由日本九州大學研究中國哲學的町田三郎教授介紹；事實上，我在羅素廣場的住所，也是早我兩個月去訪英國的町田教授代爲預訂的，否則倫敦的旅館極貴，也不易臨時找到合適處。教人覺得不可思議的是，在遙遠的英倫，那樣重要的大圖書館中，負責管理日文書籍寫本和版本的，竟是一位臺灣的女性！陸女士和我一見如故，除了年紀相近之外，恐怕也是因爲在異鄉的兩個臺灣女性而竟有共同研究嗜好之故吧？陸女士給我的印象是負責、爽朗而親切，她提議彼此直呼名字，省卻加稱麻煩的頭銜。在我抵達倫敦的次日上午，我便登門拜訪。她爲我辦妥臨時借書證，大致參觀日文書籍藏書，又介紹閱覽室的一些職員，便退回自己的辦公室內。多數時間，我們各忙各的事情，偶爾也利用午間休息時間，去附近餐館進食聊天。我們的背景同中有異，使話題不斷，又彼此關切對方。我十分慶幸，在三個月的訪問旅行初期便認識了這樣一位可佩的朋友。

初秋的倫敦，早晨往往以陰冷潮濕開始，過午才逐漸放晴，有時也會索性變成雨天。我通常都十點鐘以後出門，這樣對於當日氣象的趨勢較有把握。穿越綠意尚濃的公園，踩著被不知是霧是細雨弄濕的馬路，身上總少不了一襲風衣，頸間或繫一方絲巾，手裡自然免不得像英國人那樣攜帶一枝雨傘。圖書館的四周圍都是古老的房子，有些教授的研究室與普通住家或別的辦公室區別甚小，縱橫整齊的馬路也都極爲近似，路樹皆高大矗立，若非植物學家恐難以辨認。我在灰濛濛安靜的街巷走著，欣賞景物之餘，往往一不小心會走過了頭，或早轉了彎；不過，在那樣饒有情致的街巷裡，偶爾迷路也是挺不錯的。

閱覽室並不大，那些日子裡，看書的人也不多。我經常遇見的有一位看似中東地區的老學者，總是對著厚厚的有燙金字的小羊皮製可蘭經，他一手托著放大鏡閱讀，另一手忙於做筆記。另一位中年女性，看似猶太人（也可能是東歐人）有時獨坐稍遠處看微卷，則不知是專研什麼學問的了。

這個圖書館有兩套《枕草子》的珍本：一套是《清少納言犬枕集》共上、中、下三冊，係元祿十五（一七〇二）年刊，據說日本京都大學保有另一套中、下兩冊的殘闕本；另一套是《清少納言枕草子》共五冊，爲慶長（一五九六—一六一五）中期刊行的古活字版。

我在英國停留的一個月內，還要去訪問劍橋及牛津，蘇格蘭也預備去旅行，所以實際住在倫敦的時間約僅十天左右，無法仔細閱讀，倒也大體翻看了一些相關的論著。例如池田龜鑑《全講枕草子》、村井順《清少納言周圍的人物》、安谷藤枝《枕草子的婦人服飾》及田中重太郎兩大鉅著《清少納言枕草子研究》及《枕草子本文研究》。當時讀這些書，目的在於爲我日後翻譯清少納言《枕草子》做預備知識之用，豈料專家的論著，越讀越使我膽怯。原來，《枕草子》的篇幅雖較《源氏物語》短得多，可是問題重重，舉凡版本異文、文字解釋，乃至於人名地名之考證等等，處處存在著困難，將來正式翻譯時如何得了？這些疑慮幾乎令我打消翻譯《枕草子》的念頭。直到有一個上午找到英人 Ivan Morris 譯的 *The Pillow Books of Sei Shonagon*，我才又逐漸恢復興致與信心。那就像十多年前讀到英譯本《源氏物語》Arthur Waley 的 *The Tale of Genji* 時的刺激一樣，英國人都勇於譯出，我爲什麼不能？

那天中午，我便到附近書店去找企鵝版的英譯《枕草子》。可惜目錄上明明有的書，書架上和倉庫裡都遍尋不著。這事倒也不足爲怪，如此冷門書，賣完之後也沒人急於補充的吧。幸而書店的人答應代爲訂購，他們也不收我的訂金，原因是不能確知企鵝出版社是否尚有存書？只告訴我：五天以後再來看看。五天後，正是我北上蘇格蘭旅行回來的日子。返抵倫敦翌日，我迫不及待地書店一開門便去詢問，而那本書已在放在書架了。往昔翻譯《源氏物語》的經驗使我知道，在實際翻譯古典作品時，能準備一、二種好的外文譯本，益處良多，因爲日文譯注日文的近代學術著作，對於我來說，關鍵性的結仍無法解開，看英譯本則可以獲致多一種角度的領悟。不過，書到手時，我有些微失望，這本一九六七年牛津大學刊印的平裝本，乃是一種節譯的書，其所省略的部分，極可能是往後我中譯時最需要佐助的。無論如何，能在英國買到英國人寫的冷門書，總是一大收穫。

飛抵美國東岸的康橋時，正值秋陽似酒，秋葉若錦的季節。哈佛燕京社圖書館外的草地上，風過處黃葉颯沓而落，誘人懷鄉思家，而我得到胡嘉陽協助，在圖書館寧靜的一隅有了一張暫屬於自己的小桌。胡嘉陽是我臺大的後期同學。現在哈燕社圖書館主管中文書籍部，她負責而謙遜，細心又親切，不但給予我書籍借閱上的方便，又在生活方面多所照料，使我異地客居的寂寞得以減卻不少。我在康橋滯留約一個月，起初住女青年會館，但地點稍遠，且治安不太好，正在哈佛進修攻讀博士學位的張淑香堅持邀我去住她的房子，自己卻去擠在另一位中國留學生的家。我後來始知，淑香那段時間是每晚在睡袋裡度過的，這事眞令我抱歉又感動！

康橋的日子，除一度南下到耶魯大學參加「東岸詩學會」，北上阿姆赫探望老同學鄭清茂夫婦外，餘皆在往返住處和圖書館中靜靜過去。中秋之後，北地夜晚格外漫長。我白日在圖書館閱讀各地有關漢學書籍的論著，空閒的晚上難以排遣，便想到開始著手試譯《枕草子》。哈燕社的日文藏書不及大英圖書館豐多，但我仍在書架上找到幾種版本和相關論著，礙於規定，只好央請胡嘉陽代爲借出。

張淑香的住處簡單，席地而臥，沒有書櫥，所有書籍都靠牆四周排列，卻有一張大書桌，足夠我攤放各種版本參考書及稿紙；於是十年前譯《源氏物語》時那種亂中有序的書籍組合，又在我的生活中復現了，只是旅行中開始譯書，倒是連自己也始料未及。不容否認的，別人的書房使用起來，總有些不習慣。有時，爲著字句斟酌，蹲在地板上尋找工具類書，在房內繞了一圈，仍找不到所需要的書，卻發現她有一些有趣的洋文書，便索性盤坐著讀某些書籍的篇章來。康橋客居的夜晚，往往就那樣自在地漫譯漫讀中流逝。

譯書需要的參考書頗爲瑣碎，尤其是譯日本的古典文學作品，有時需要日文的古語辭典、歷史書籍，又因其間每常引用中國典故，也得求證還原，而反過來需要尋找中國的經史子集。這些工作，若是在臺北自己的書房內進行，大部分可以獲得解決，但旅次中自然不會那麼得心應手了；所幸，《枕草子》是隨筆文體，每一章節段落較短，前後文章的關聯也不甚緊密，我便將能夠譯的部分逐段先譯出，有問題的部分則暫留空闕，等待日後回家再想辦法。如此，康橋夜晚的譯文，共得六張草稿，大約三千餘字。

六張稿紙在我旅行箱內，由康橋經美國西岸作短暫的停留，然後於深秋時分到達京都。秋深的京都正是紅葉最哀愁美麗的季節，又是《枕草子》作者清少納言寫作的背景，有時我獨自徘徊在二十年前的舊遊地，想像千年前那位平安時代的才媛是用何等心情走過這些地方？不禁爲文字因緣所感動，乃私自許下諾言：定要把這一份工作盡力做好。

在京都的住處，是我的日本好友秋道太太事先安排，使我得以租借一整幢日式公寓。我只用其中兩房，一做臥室，一做飯廳兼書房。白天，我乘公共汽車出外訪友、賞景，也到久違的京大人文科學研究所看書查資料；夜晚則席地而坐，在榻榻米上的矮几，繼續我康橋以來的翻譯。

我對於京都的懷念和偏愛，一方面因此地是我舊日遊學之地，另一方面也因當時認識的長輩和朋友，迄今仍保持聯繫，所以繞過大半個地球來到京都，令我彷彿有返鄉的錯覺。然而，雖云「有處特依依」，事隔多年，難免有物是人非之憾。當年做我名義上指導教授的平岡武夫先生，已自京都大學退休多年，由於腿部關節患風濕，所以深居簡出，卻是依然勤奮不懈。我突然拜訪，令他亦驚亦喜。見面未幾，即將話題轉入他最喜愛的白居易，又和我討論一些樂天的詩文。談論本行學問的時候，他顯得年輕了許多，幾乎與二十年前沒有什麼改變。知悉我已開始《枕草子》的翻譯時，他對於我起首幾句的文字斟酌表示了一些意見，隨即又謙虛地說：「其實，我不懂日本古典文學。」又呵呵地笑起來。翻譯有兩個層面：一是閱讀原著，再則是將原著用另一種語文呈現出來。

關於前者，我自己可以從好的注釋本摸索掌握，或者去請教日本的「國學」專家；但是關於後者，除非通曉雙方語文的人才能給我意見。平岡先生是日本漢學界的前輩，早年留學北京，他雖謙虛而意見卻是很好的。清少納言的語言極簡勁，全書首卷寫四季，原文簡勁到幾乎不成句構。我有三種譯法，正猶豫不決：㈠「春季以曙色爲最美妙」、㈡「春，以曙爲最美」、㈢「春，曙爲最」。平岡先生閉目默誦《枕草子》文，又比對我的三種譯法，最後贊成第三種譯文。其實，他所挑選的，也是我私下以爲最接近原文氛圍的，便堅定了譯筆方向的取捨信心。

平岡先生又介紹我認識在大阪四天王國際佛教大學執教的西村富美子教授。西村教授兼治中日古典文學，她正翻譯我的〈源氏物語中譯本再版序〉，故向我提出了序文中的一些問題，特別又仔細詢問關於和歌中譯的許多小節。目前她正教授《枕草子》，送了一份〈平安女流文學と漢文〉，內容討論的正是紫式部與清少納言的漢學修養，我便也向她請教了一些有關《枕草子》文體方面諸問題。那天下午，我們在「人文」附近一家靜謐的咖啡館暢談一個下午，若非她要乘電車趕回大阪的家，眞願意繼續討論下去。微暗的街頭寒風突起，西村教授一手掠著被風吹散的短髮，一手按著揚起的風衣裳裾，禮貌地鞠躬再三，才向相反的方向走去，消失在加速暗下的街心。

滯留京都期間，最大的收穫便是平岡教授的意見，以及經由他的介紹而得與此方面的專研學者具體討論。當然，我也少不得利用空間時間逛書店，買了一些相關的書籍。而京都寒夜獨處，伏案譯作，遂又得十張草稿。

帶著些微疲倦和些微興奮返抵國門時，臺北正以乾寒宜人的氣候迎接我。兩隻行李中，一半是各地蒐購得來的書籍，我小小的書房爲之更顯擁擠；我又開始坐在這個書籍環伺的書房裡過平靜的尋常生活。除準備教材、偶爾寫一點散文之外，再度投入長期譯事中。

我以小學館日本古典文學全集的《枕草子》爲主要底本（由松尾聰及永井和子共同校注、語譯。譯文稍嫌拘泥原著，有時不免呆滯，但態度嚴謹，無強不知以爲知之弊），輔以新潮社日本古典集成《枕草子》（萩谷朴校注。較小學館本晚四年出版，注解往往具創新意見）、角川文庫《枕草子》（石田穰二譯注。較新潮社本又晚五年出版，有附注及評論）。此外尚有一兩種不同版本，僅爲異文取捨時之翻閱備用。值得一提的是，旅行回來後次年春夏之際，偶遇一位在臺大史丹福語言中心進修中文的 Robert Burgen 先生和他的中國籍太太李女士。Burgen 先生是夏威夷大學的日本文學研究者，關於英譯《枕草子》，他提供我 Ivan Morris 有全譯本的消息。不過，書恐怕很難購得，但他即將去京都訪問，答應想法子找找看。兩個月後，他果然在京都的一家舊書店買到完整的上、下兩冊 *The Pillow Books of Sei Shonagon* 寄贈給我。Ivan Morris 的全譯本附有詳注，雖然有幾處誤譯，但與日本學者的譯注比對參考，往往給我很大的助益。

旅行期間譯出的十六張草稿，其實只成爲正式翻譯《枕草子》的暖身運動。在正常而安定的生活中，我重新謄寫草稿，並予詳細的注解。從民國七十五年七月開始，又在《中外文學》逐月刊登若干段。《中外文學》並不是銷售量很大的雜誌，但由臺大外文系編印，是一份嚴肅的文學刊物；何況是十年前連載了六十六期《源氏物語》譯文的雜誌，我個人對它是有一份感情的。到今年七月，剛好兩整年，其間除兩期出版比較文學論文專號而暫停，連續刊載《枕草子》譯文二十二期，終於在這個暑假全文刊登完畢。《中外文學》初刊之際，董橋先生在香港主編的《明報月刊》也同時轉載我的譯文，後來他辭去《明月》，繼任的張健波先生也繼續每月選載部分文字。《明報月刊》的接觸面較廣，受海外華僑愛讀，因而有時也輾轉收到過一些遠方寄來的鼓勵的書信。

翻譯冷門的外國古典文學書，是頗艱難而又相當寂寞的事情。我在繁忙的生活中找空隙做這份額外的工作，順遂時固然難免欣欣自喜，但也每常爲解不開的文字結而煩惱焦慮。近兩三月以來，父親病重住院，並且接受一次大手術，我們子女都在沉重的心情下過日子。《枕草子》的最後部分，竟是在如此悲苦的環境下譯出、校對和刊登的。兩年以來，翻譯《枕草子》其實等於細讀《枕草子》，在這本書的許多段落裡，作者清少納言寫出了千年前日本平安時代匹夫匹婦的生活，我將那許多悲歡哀樂逐字譯出來，同時也在實際生活印證體驗到。是的，人類的生活亙古如此，充滿著生離死別、悲歡哀樂；文學其所以感動人，便因爲透過文字，我們讀別人的生活，同時也更深刻地看到自己的生活。

——原載一九八八．七．三十～三十一《聯合報》副刊

你的心情

——致《枕草子》作者

你的心情，我想是可以體會的。經由這兩三年來書桌前日日夜夜的筆談，我把你千載以前講過的那許多話，一一迻譯爲我今天說的語言；你的心情，遂最先進入了我的心房，最先感動了我。

爲你的書——《枕草子》寫跋文的人記敘：定子皇后崩逝後，你鬱悒度日，未再仕官，而當年親近的人次第謝世，沒有子嗣的你，晚年孤單無依，便託身爲尼，遠赴阿波地方隱遁了。那人又稱：曾見你頭戴斗笠，外出收集菜乾，忽然喃喃道：「教人回憶往昔直衣官服的生活啊！」

想像你度過十年絢爛繁華的宮廷生活，近伺過天皇和皇后，最後竟寂寂終老於遠離京城的島上；你那樣的心情，我是可以體會得到的。不過，倔強好勝的你，大概不會承認你的寂寞的吧；儘管多紋的眼角浸出晶瑩的淚珠，你或許佯裝不注意，用泥垢的手背拭去淚水說：「啊，都是陽光刺眼的。瞧，今天的日頭多豔麗！」我大概也就不忍心再爲你的悲涼感受悲涼，順著手指的方向，與你共賞晴空中熱刺刺浮現的炎陽了。

對於宇宙大自然，對於四季運替，你驚人敏銳的觀察力，於古今騷人墨客輩中，亦屬罕見的。在書的起首，你驟然且斷然地書寫：

春，曙爲最。逐漸轉白的山頂，開始稍露光明，泛紫的細雲輕飄其上。

你捕捉春季最美的一刻，以最簡約的文字交代，不屑多加說明，亦不容多所商量，卻自有魔力說服讀者。關於夏夜、秋夕、冬晨，也用相同的口吻點明各季節最佳妙的瞬間情趣。於是，群螢交飛、雁影小小、霜色皚皚，無不栩栩生動地從你千載前的眼簾折射到今日讀者眼前了。文字的神奇魅力，豈不就是這樣的嗎？

雖然你在書末再三申辯：你只是將所見所思所感的點點滴滴趁百無聊賴書下而已，並沒有指望別人會看到；但我知道你的心情其實有些矛盾，你又何嘗不暗中盼望著：有人會仔細讀你的文字而深受感動引發共鳴！寫文章的人大率如此，思維與感情一旦而落實爲文字，便頓覺如釋重負，舒坦輕鬆，彷彿不必再爲那些文字擔憂了；可又彷彿還時時擔憂著那些文字是否就此塵封？可有什麼知音之人垂青賞愛呢？

你可以把我當做一個知音，因爲我曾經仔仔細細讀你所寫的每一個字，並且能夠體會那些文字，以及文字以外的一些事情。

你賞愛宇宙人生，但顯然不是那種毫無主見的人，你強烈的主張，於書中每一頁可以讀到。你愛惡分明，絲毫不妥協，所以說：「冬天以特寒爲佳。夏天，以無與類比熱者爲佳。」無論男人或女人，你最敬佩聰明才智者，最不能忍受平庸愚騃。宮中朝夕相處的同儕何止數十、百人？然而你筆下掃過的那些女子，何其庸俗愚昧；我看，大概只有宰相之君還值得你記敘一筆而已。

至於定子皇后，顯然是你最仰慕崇拜的對象。你們二人之間，有異乎尋常的心電感應，所以只要她說上面一句話，你就意會下面一句話的內容，她詠「花心開」三字，你立即感知那是託白居易的〈長相思〉詩以喻對你的思念。你們之間呼吸相應般的奇妙心契，竟令後世有些學者汙衊你和定子皇后有同性戀傾向！如此輕率的論斷，你即使聞知，也不屑於置辯的吧。

你的心情，我明白。你愛慕定子皇后的博學多識饒情采，而她也慧眼賞識你的博學多識饒情采。你們相對的時候，好比雙珠連璧，光芒四射，你們相吸引的道理在於此。

不要責怪那些輕率的學者。其實，人間世相並沒有改變多少，我這個時代和你那個時代一樣，到處充斥自以爲是的人啊。

心直口快是你的缺點，你自己也承認的。譬如說，那次你批評紫式部的丈夫衣著不顧場合，這原本只是小事情，但是在你們那個講究禮儀細節的時代，等於是說人家不識大體；難怪紫式部要耿耿於懷，並且在日記裡反脣相稽道：「清少納言這人端著好大的架子。」又批評你好賣弄漢學知識，附庸風雅，難免流於浮疏云云。其實，她在《源氏物語》中還不是大量引用了中國的詩文？依我看來，你們兩位都是了不起的女性作家，同時代的男性作家們還眞是不及望你們項背呢！雖然你們表面上互相攻訐對方，心底卻十分敏銳地賞識著對方的。「文人相輕」，大概並不只是男性社會的專利品。

提及男性社會，令我想到你每好爲婦女打抱不平的個性，這一點倒是做爲小說家的紫式部未嘗明言過的。你說：「女人眞是吃虧。在宮裡頭做皇上的乳母，任內侍啦，或者敘爲三位啦什麼的，已經算是很不錯的了，可是，多半年紀已大，還能夠有多少好事可盼呢？」的確，那個時代的女性是沒有什麼可盼的；除非盼到一個如意郎君，死心塌地守住一個「夫人」的地位，尙且還要提心吊膽，怕人老色衰之後，徒擁「夫人」之名，而失去郎君的心；即使你最仰慕的定子皇后，在天皇另外冊封彰子皇后之際，不也照樣患得患失痛苦異常嗎？也許你好奇想知道千載後的情況如何了？告訴你，你的後代姊妹們一直努力想爭取自己的地位，情況較諸你的時代稍有改變，卻也好不到哪裡去。

這其中的原因，恐怕是大家口號喊得多，眞正下工夫充實自己的又太少。天底下哪有不勞而獲的呢？

我時常在想，如果天下婦女都像你和紫式部那麼優秀，男人也就不敢怠慢我們了。也許是出於一種不甘示弱的心理吧，你每常喜歡對男士們炫耀自己的學識才華。那個時代，漢學是男子修業的專利，連紫式部都是躲在屏風後面偷聽她的父親課授兄長們的，而你淵博的學識不知是如何修積得來的呢？看你與宮中飽學之士應對，忽而經史，忽又子集，從從容容，遊刃有餘；時又不免於俏皮地出其不意劍梢一挑，衆男往往只得俯首稱臣了。

不過，你當然無意與男士們敵對。看你記敘則光、棟世、實方、行成諸人，每每於平淡行文間，流露著人間男女的悲歡哀樂。你沒有刻意鋪敘什麼，只是將千載之前在你周遭發生過的許多離合的事實收錄在字句裡罷了，但你眞摯的心聲，樸實的語言，自有感人的力量。

我讀你記與橘則光的那一段感情，覺得十分遺憾。你們原本是融洽的情侶，他對你的愛護，尤其於男女愛情之外，又多一層兄長似的呵護，宮廷上下也都將你理所當然地視爲則光的「阿妹」；奈何你一再作弄，明知道他不擅長和歌，卻偏偏屢投歌以揶揄，終致他默默離去。你其實是十分懊惱悔恨的，可又逞強不肯認錯。後來，風聞他敘爲五位之官爵，又遠赴外地任郡守。你說：「我們二人之間，竟這般彼此心懷芥蒂以終。」人與人之間的緣分，是多麼難得，愛情這東西又是那麼脆弱易碎。你們兩個人明明是相知頗深、相愛甚濃，竟因計較自尊，遂令各自西東，遺憾終身！但這樣的愛情故事千百年以降，在地球的各個角落，竟也不停地重複又重複。莫怪你，人有時是學不會聰明的啊。

你的可愛和可敬，同時保留在這許多坦誠的字句裡。每一頁之中，有你的歡笑、嘆息、淚光、懊悔、詭譎、驕縱……你的聲音時則高亢嘹喨，時則低啞淒迷，忽而綿密細緻，忽而瀟灑高邁；便是透過這些文字，你始終鮮活地生存到今日。

我寫這封信給你，是爲了要表達我對你的崇敬和愛慕。請原諒我沒有在信首稱呼你，那是因爲我知道「清少納言」並不是你的眞實姓名，雖然千百年以來，人人這樣稱呼你。其實，你姓什名誰並不要緊，你的樣貌如何也不重要，《枕草子》這本書就是最最眞實的你自己了。

——原載一九八八．十二．四《中國時報》副刊

紅大衣

「紅色的大衣好看嗎？」如果有人這樣問我，眞不知道該如何回答才好，因爲我有兩個坦白誠實的答案，其一是：「紅大衣不好看。」其二是：「紅大衣好看。」

鮮明的、豔麗的紅色，給人健康、明朗、熱烈、坦誠等等的直覺印象，尤其紅色的衣服穿在少女身上，應該更能夠顯現她的朝氣與活潑才對。因此，在我女兒幼小的時候，我經常給她添製一些紅色的裙子、紅色的上衣，或紅色的外套，直到有一年我旅遊歸來，買了一件鮮紅色的毛衣送她，卻遭到她的抗議：「媽媽，我已經不是小小孩了。請你以後不要老給我買紅衣服！」那時我才恍然覺察，我的女兒已經長大了，她對於色澤，以及其他事物，也都逐漸有了自己的選擇與判斷。那年她十三歲，讀初一。自從那事件以後，我爲她選擇任何東西都格外小心，不再以自己的喜好標準爲依據，而盡量用她的個性嗜好爲準則。因爲女兒成長了，並且日日有她自我個性的發展呈現。爲此，我暗中慶幸，但一方面也自然難免有一分寂寞。

其實，很多年以前，我自己也有一件關於紅大衣的故事，幾乎塵封在遙遠的時空的一隅。

那時候的我，還不到十三歲，大約只有十歲吧！還在讀小學。我的童年是在上海度過。上海的冬天，雖然遠不及北平，或大陸更北的其他地方，但是一年之中，也有兩三個月相當凍寒的氣候，著實令人難以忍受。我記得最冷的季節裡，手腳經常都是凍紅腫脹的，身上儘管穿好幾件厚重的衣服，仍然無法抵擋徹骨的寒氣。便是在那種奇冷的季節，父母帶我們去當時上海最大的百貨公司——永安公司選購大衣。媽媽爲我挑選的是一件厚呢的紅色大衣，胸前有雙排金質釦子，腰際還有一對大口袋。

如今回想起來，那樣的大衣，應該是十分漂亮的。然而，當時就讀於租界裡日本小學的我，卻嫌那種款式太「中國化」，跟我周遭的朋友們所穿的格格不入，怕會被人取笑買「支那人」的衣服，所以總是藉故躲避，不願穿去上學。

那天早晨特別冷，媽媽叮嚀又叮嚀，叫我一定要穿上紅大衣去學校，因爲厚呢大衣，一件可抵兩件普通衣服暖和。我心裡老大不高興，卻佯裝答應。在樓上穿好紅大衣，又扣妥兩排金釦子，等下了樓以後，趁著媽媽還在樓上忙於照顧弟妹們之際，將金扣子一一解開，卸下背上的書包，脫掉大衣，將它藏在沙發椅的靠墊後頭，然後，像風一樣一溜煙跑出家門。

街上比家中冷得多。爲了穿厚呢大衣，媽媽叫我脫下一件平時穿的毛衣，以免過分的臃腫，而我卻偷偷自作主張把大衣留在家裡，所以身上穿的衣服反而比平時更少，也就格外覺得冷。

雪融的地上，零亂地印著足跡，得步步小心提防摔跤，風颳在臉上，如刀一般地利。走了一小段路之後，我已經後悔脫掉紅大衣了，但是又怕回去取會挨罵，便只好忍著凍寒逞強地繼續走。走過公園坊的門口時，看見那位守門的印度人，在白色布袍上加了一件深色的厚外套，還將雙手緊握著拳頭，不時靠近嘴邊呵氣取暖。

到了學校以後，因爲每一間教室裡都燒著煤油爐子，所以暖和許多。我的日本同學們都紛紛把外套脫下來掛在個人的椅背上。講臺上的椅背，也掛著一件日本老師的外套，唯獨我沒有外套可以脫，便也只好舒適地坐在比別人顯得寬敞的座位上，我暫時忘記脫下紅大衣的後悔，專注地上課聽講。

第一節下課後，我也和別人一樣奔出教室，跑到操場上遊戲，但因爲沒有穿厚外套，實在無法忍耐空曠的操場上呼呼吹過的冬風，只好提前回教室。第二節課以後的休息時間，我就不敢再到外面去吹風了。一個人蜷縮在教室裡，擔心著放學回家的路上不知有多冷！

第四堂課正進行時，有一位工友在教室門口跟老師打招呼，老師出去和他說了幾句話後，又折回來叫我出去，告訴我：「你的母親有事來找。」我忐忐忑忑地跟著工友走到校門旁邊的小房子。媽媽站在那裡等我，她的手臂上懸掛著早晨我脫下來的紅大衣。

「快快把大衣穿上。凍壞了吧？」媽媽見了我，急忙跑過來，用大衣把我整個人裹起來。她並沒有數落我，甚至也沒有問我不肯穿紅大衣的原因，只是用那件厚厚的大衣把我擁在她的懷中，她眼睛裡的無限疼惜之情，也一併包圍了我的身子，使我頓時感覺好溫暖好溫暖。想到自己是多麼的任性，不顧媽媽的再三叮嚀，把她給我選擇的紅大衣故意遺留在沙發椅上；想到媽媽發現後有多麼著急，害她專程爲了送這件大衣而在北風中趕路，懊悔、慚愧和感激，同時湧上心頭，我忍不住地淚水撲撲沿頰落了下來。

「傻孩子！」媽媽用她冰冷的手指頭彈去我的淚珠。「媽媽，對不起！」我怕工友聽見，低頭輕聲道歉。「回教室上課去吧。」媽媽只是摩挲著我的頭。說完，同工友禮貌地鞠躬，便轉身急急走開。我知道，她還有許許多多家事要處理，不能多耽擱，但是親眼看到我身上溫暖，她一定是眞放心了。我走到側門邊時，又回頭看，看見媽媽的裙襬被風吹得像帆篷似的。其實，她那瘦瘦的背影，在落葉飄舞的街心，彷彿就像另一片被北風吹趕的葉子似的，漸漸在我滿含淚水的視線中遠去、變小……「媽媽，眞對不起。」

我在心中一再道歉。

我覷著眼看自己身上軟軟的、暖暖的紅大衣，覺得那鮮明的色澤眞好看，金釦子閃閃發亮，也眞是好看。我加快腳步跑回教室，恨不得我的日本同學們快些看到這件漂亮的紅大衣！眞奇怪，早晨爲什麼會偷偷地脫下，以爲這件紅大衣不好看呢？

——原載一九八八・五月《東方書訊》

迷園

那個園，在我記憶的深處。

那個庭園，我依稀記得；有些部分彷彿還是相當清晰的，雖然已經是十分遙遠的事情了。

童年時住在上海的虹口。我們的家面臨著江灣路，在虹口公園游泳池的對面。至於我家後面，另有七幢二層樓的小洋房，是父親出租與人的，所以從我家後門出來，即可以溜到衖堂裡玩。那個衖堂，爲七幢住戶所共有，也是我們家姊妹兄弟時常玩耍的地方。

衖堂的前方有兩大扇鏤鑄的黑色鐵門。鐵門外即是江灣路，車輛來往雖然不一定很多，我們卻是被禁止隨便跨出鐵門上街的。我們的活動範圍，除了自己家的庭院，就限制在那條衖堂裡頭。童心有時不可思議。雖然自家庭園有草地，一架單槓，一個砂坑，和一雙鞦韆，可供戲耍；但還是嚮往著籬笆外頭的世界。

既然父母嚴禁我們任意走出衖堂的鐵門外，那就只好退向衖堂的尾部。我們發現衖堂尾部漸漸荒蕪的盡頭，竟然有一個園子。是一個神祕的園子。

那時候，不作興用水泥築牆。像我們住的二層樓洋房，是十分新式的，但周界卻是採用細竹編製的籬笆。那種竹籬笆，無論從裡望外，或自外看裡頭，總是隱隱約約，可以見得車輛或人影，卻不頂十分清楚的。那個神祕的園子，也是有竹籬笆圍起來，只是靠近衖堂部分，或者因年久失修的緣故吧，有些破舊損壞。我們這些孩子當中，也不知是什麼人興起的頑皮念頭，一次拆毀一小部分；日子久了，那損壞破舊的情形就愈形明顯；終於拆毀成一個小洞，每一個小小的軀體都可以鑽進去。

這件事情，家裡的長輩們都不知曉。我們小孩子，心中既歉疚而又興奮，每個人都爲擁有一個共同的祕密而充滿了複雜的感情。事實上，初時我們並不敢貿然鑽進那個園子裡，頂多只是輪流趴在洞口覷看那個園子而已。

「我看到大樹了，還有柳樹吔！」

「有池塘，有好大的池塘。」

「那邊好像有一個白房子。我看見石階了。」

每個人都要炫耀一下別人沒有發現的部分似的，你一句我一句，越發的興奮起來。

自從洞口變大了以後，我們更按捺不住好奇興奮，幾乎天天下課後都要到衖堂尾的洞口觀察一下才心安，而且每一次的行動都是隱祕的、悄悄的，千萬不能給家裡的長輩察覺，也不能讓衖堂裡的大人知曉。

那個庭園似乎很大，籬笆洞口這一部分，大概是庭園的末梢地帶，所以亂草叢生，沒有經過整修的樣子。於今回想起來，第一次忐忑不安地窺伺洞內景象時，彷彿什麼也沒有看清楚。自叢生的亂草隙縫望進去，確實是有一些樹木、池塘、屋宇和臺階等等，但一切都是朦朧的、迷糊的，甚至是虛幻的，像一幅亂針繡的圖像似的。許是因為那樣子，更激發了我們的神祕感與好奇心也說不定。

逐漸的，只是從籬笆外的洞口向內窺伺，已經不能滿足我們這些小孩子的好奇了。不知是誰帶頭的，大概是哪一個膽子較大的男孩子吧，我們試著從那個洞鑽進籬笆的那一頭。

籬笆的那一頭，便即是那個大房子的後園末端。其實，剛剛接觸到的景象，與趴在地上看見的並沒有什麼分別；只因為腳踏在別人家的地上，遂有十分異樣的感覺。更興奮、更慌張，而且忐忑不安。我們都不是「壞孩子」，但是，每個人的心裡頭都有一種犯罪的感覺；那種感覺明白地寫在每個人的臉上。我們三幾個孩子屏住氣，靜靜悄悄，互相察看別人的臉。我自己彷彿覺得變成小偷似的非常不安。那時候，如果有人促狹地喊叫一聲，猜想我準會嚇昏過去。不過，我又猜想，別人大概也同我一樣的心境，所以我們只是靜靜地在原地猶豫。

終於，不知什麼時候，不知什麼人帶動的；也許是三幾個人結合成為一個整體，漸漸向前移動，我們好像被一種不可抗拒的力量推動著，在向前慢慢行進。腳上踩著的是長短不齊的野草，時則露出泥地，時則有一片小花。白色的、淡紫的，或是黃色淺淺的，就像是江灣路鐵軌兩側草坡上隨處可見的尋常野花。泥地和草皮彷彿是微微霑著濕氣，許是頭頂上樹木蓊鬱，而且枝葉繁密的關係。我好像如今都能記得偶爾抬頭時看到的一小圈一小圈的陽光，有些令人暈眩的奇異感覺。那應該是初夏的季節吧，或者是暮春也說不定。

果然是有一潭池水。小小的，並沒有想像中的大。池水的中央泛著蘋蓱，周遭有些似乎經過布置的石堆，或是垂柳什麼的。有沒有禽類在水面上浮游呢？也許有，也許沒有，不甚記得了；但記得當時十分興奮的心境。那種興奮如何解說呢？就像是一幅圖畫忽然變成了實景，而自己竟然就在其間；又像是一場好夢陡醒，卻發現現實與夢境正好吻合著。虛虛實實、實實虛虛。

第一次溜進那個庭園的記憶，大抵如此。好像是看到很多東西，其實大概並沒有看到多少。草、樹、陽光、池水，或者還包含其他瑣瑣碎碎，如今已記不清楚的一些東西吧。

不過，有了第一次的經驗以後，我們幾乎迫切地期盼著下一次，以及更多下一次的機會。那座充滿我們共同祕密的庭園，遂變成了大家於玩膩各種遊戲之餘的一個好去處。而每去一回，總多少有一些新的發現。譬如說，同樣是庭園末端的部分，稍微再深入一些，有一片比較整齊的草坡。蒲公英滿開的時候，我們女孩子便坐在草地上編織黃色的花圈，做成手環，或者花冠，頭頂上晒著暖暖的陽光。又譬如說，男孩子們告訴我們，高大的樹上，有鳥巢，裡面藏伏著一些小鳥的蛋。可是，我自己總爬不了那麼高，所以並沒有親眼看見。有一次倒是看到一個不小的蜂窩在枝椏間，嚇得連忙滑下來，鞋子脫落了，手腕也擦傷了；擦傷的手腕，只好跟母親撒了一個謊，才換得母親溫柔的疼愛，洗淨傷處後，擦了一片紅藥水。

我們其實是膽小的，只敢在那一片似乎無人管理的半荒蕪地帶稍微活動，也不敢大聲喧譁，唯恐引起屋主注意，那可能就不得了啦。會有什麼不得了的後果呢？其實也不甚明瞭，大家只心裡戒懼著，許是那種充滿危機感的意識，反而促使我們好奇也說不定。

至於屋主是什麼樣子的人呢？有男女主人或像我們這樣子年齡的孩子沒有？我們也

始終不能一探究竟。

從池塘往對面望，似乎有一段石板小徑通達石階。石階上是一片陽臺，陽臺似乎並不十分寬敞，但一排白色的落地窗卻總垂著白色的布帘。爲什麼那一排落地窗反而令我們看不到屋裡頭和屋裡的人呢？我們都不明白。也許是我，也許是別的孩子，我的妹妹，或者我們鄰居朋友之中的某一個人忽然想到的。那白色大房子可能是鬼屋！

一旦有了那樣子的念頭以後，立刻感到毛骨悚然。大家急急退出園子。落在後面較小的孩子，嚇得要哭出聲音來，我們較大的趕緊摀住那小嘴巴，唯恐連累到大家。風也涼了，花朵也不再鮮明了。我們手腳發軟地，一個接著一個，快快鑽出園子。出得衖堂，面面相覷，每個人的面龐上、衣褲裙襬上，都沾著泥巴，但一點都不好笑。大家鐵青著臉，哆哆嗦嗦各自回家去。

遂有一段時間，沒有人再提起遊園的事情。我感覺有一些些惶怖，也有一些些遺憾，甚至於相當悲傷。

日子一天天過去，即使偶爾走到衖堂底，那裡明明有一個我們辛苦挖出的通道；但是怎麼會一日之間竟變成充滿恐怖的庭園呢？稍稍靠近籬笆望進去，園內依舊是林木和草叢，有花朵，也有陽光，有時甚至還隔牆聽得鳥聲啁啾呢。多麼可惜啊，我們的園子。

是的，那個神祕的園子的末端一些角落，不知不覺間，似乎已經屬於我們那一群經常出沒的孩子所擁有；然後，忽然又失落了。

日子在失落之中一天天過去。年少的我們，其實還是有許多可以分心的事物。不過，由於那座令人迷惘、神祕、又恐懼的園子，就在我們住處的後頭，所以總是無法把它完全忘懷。過了一段時間之後；如今已記不清是多久了；也許是兩個月，或三個月，或者竟有半年之久，有人又忍不住好奇地開始窺伺庭園的內裡。於是，傳說又開始散播起來。

「我看到一個工人。園丁模樣的老頭兒。」

「嗯，還有一個婦人呢。不是鬼，是人哪！」

年少好奇的心，又禁不住地蠢蠢欲動。

彷彿是一個秋日午後吧，我們居然又壯起膽子溜入園中。枯乾的黃葉在腳下沙沙作響，幾個小孩子擠在一起，躡手躡腳地走在已經有些陌生的庭園。頭頂上的葉子已凋零，枝椏縱橫，秋陽透過枝椏在我們的面孔上和肩膀上畫著縱橫的光影，有一些可笑的樣子，也有一些可怖的樣子。有一人忽然蹲下來，大家也都機警地蹲下來。屏住氣，睜大了眼睛四望。從林立的樹幹間望過去，見到一個微胖的老頭兒在掃著陽臺上的落葉。他顯然是沒有聽到我們沙沙的腳步聲；或許是掃帚畫在石板上的聲音太響，所以沒有注意到我們的吧。

他的形象，他的動作，在明朗的秋陽之下清清楚楚地映現在我們的眼前。不是鬼，確確實實是一個人。我看得出玩伴們的眼神中都透露著這樣的訊息。大家都心安了。但既然證實那個屋子不是鬼屋，園子也不是鬼園，我們卻反而感到有些微的失望似的。

其後，大概也還是偶然溜進去過的，但活動的範圍，始終沒有逾越池塘。也偶爾再看見過遠處那個掃地的老頭兒。他有時戴著一頂深色的帽子，低頭用心而遲緩地掃落葉。我甚至還有一次看見落地窗的白布帘微開著，有半截婦女的裙襬，和白挺的西服褲管子。但是，距離太遠，窗帘還是擋著上方，所以莫說臉部無由得見，連他們兩個人的身影也沒法子看見。

那個穿著筆挺潔白西褲的男人是屋主嗎？還是來訪女主人的神祕男客呢？

爲什麼在那樣的季節裡穿著白西褲呢？他可能是一個海軍的軍官吧？

女主人的面龐和上半身都看不見，實在是很遺憾。她是不是很美麗？是不是一個人孤單地守著那座大白屋？

那時候的我，正值從童年跨入少女時期的年紀，並不懂得什麼；只因爲喜歡閱讀，有一些些想像力，和一大堆好奇心；便以爲自己猜著了什麼似的。

天氣逐漸轉涼。我們放學後的大部分時間，都局限在自己家裡。上海的冬天雖不是酷寒，卻也有霜凍，有時甚至也有雪飛。

而時間在寒氣中緩慢地流逝。

春天再臨，路旁的野草不知不覺間已長出來，蒲公英也黃黃地開了遍地。有人發現，衖堂底的竹籬笆已經翻修過了。我們祕密的通道，當然也不再有了。

就在那一年的乍暖還寒時節，我們舉家搬回臺灣。

江灣路的家，家後的那條衖堂，和那個曾經屬於我們的庭園一隅，都遺留在已然褪色的童年記憶裡。然而，我依稀記得，有些部分甚至還相當清晰地記得，雖然都是一些微不足道的瑣碎片段而已。

在遙遠的記憶深處，有一座迷園，我沒有忘懷。

——原載一九九三・四・二十二《中華日報》副刊

父親

病床上方的小燈照射在父親的臉上。父親沉沉地睡著。他的右鼻孔內插著一條細細的塑膠管。糊狀的食物，便是通過這條管子送達胃裡，每四小時定量供給。護士勉強在他的左手大拇指上找到一條小血管，將滴入鹽水與消炎劑的針頭用一小木板固定，以免因搖動而針頭掉落。床的另一端下方有一隻玻璃壺，盛著導尿管引出的小便。

在病床這一盞微弱的燈光下，父親已經臥睡了整整四年。起初只因腹瀉急診就醫，詎料，多年的糖尿病引起併發症，導致腿部血管阻塞，病況愈形嚴重，左足逐漸壞死。醫生們會診的結果，骨科大夫宣布：除非鋸除左腿，否則父親的性命難保；不過，對於九十餘歲的高齡病患施行如此重大的手術，危險性也十分大，所以醫生要我們做子女的慎重考慮。

四年前的暮春黃昏，我們兄弟姊妹聚在一起，做極困難而痛苦的商議。大哥逐一詢問大家的意見。記得父親在七十歲的壽筵席上曾對親友們誇言：人生自七十開始，他不但要活一百歲，更想要活到一百二十歲！言猶在耳，父親一向是勤勉而生命力旺盛的人，雖云當時已因病重不能言語表達意志，我們揣測父親的個性，爲他做了冒險求生存的抉擇。大哥沉痛地說：「既然如此，明天早上就把這個決定告知醫院吧。」言罷放聲嚎哭。昏暗的屋內，一時間充滿嗚咽悲泣。

鋸除了左腿的父親，出乎意外地迅速康復，傷口也癒合得乾淨。然而一個月以後，右腿又呈現與前時左腿相同的症狀。這次，醫生不容我們猶疑，斷然採取必要的救生手術。入院不及兩個月，我的父親失去雙腿換回一條生命。以如此高齡行如此重大手術而能成功，連醫院方面都認爲是罕見的奇蹟。但在那一段時間裡，我無論晝或夜，常常有一種幻覺浮現腦際、閃過眼前。彷彿一把巨型利刃重疾切落在腿上，一次復一次，時則以快動作，時則以慢動作，分不清楚究竟利刃是切落在父親的腿上，還是我自己的腿上？但驚悸恐怖的感覺分明一再地襲擊我，總是令我嚇出一身冷汗來。

四年以來，我幾乎晝夜風雨無阻地探望父親，唯恐有一天會眞的失去整個的父親。

而今，我的父親只剩下膝蓋以上的軀體，不能行動，不能飲食，不能言語，看不見的病魔還正一寸寸地噬食他衰老的肉身吧。四年以來，也經歷過無數次的危急狀況，都因爲父親可驚的生命力，與高明的醫術、細心的照料而一次又一次地度過險關；只是，父親每過一次險關便更衰弱下去。我知道，他是在慢慢地離去，極緩慢、疲憊、困難地。

有時不期然而遇見來巡視的主治大夫。以前，他仔細爲我講解父親的病況與治療方式；其後，我們漫談著一些死生問題及形上哲學；最近，他往往只是悲憫地陪我望著病床上只餘半身的父親，口中喃喃著：「怎麼辦？怎麼辦？」

怎麼辦呢？而父親總是沉沉地睡，沒有春夏秋冬、沒有悲歡哀樂。我輕輕撫摸那一頭白髮，不免自問：當時我們爲他所做的抉擇是對的嗎？現在父親若能睜開眼睛說話，他會對我們說什麼呢？

——原載一九九二・五・十五《聯合報》副刊

我的舅舅

民國二十年端午節稍前，我的舅舅連震東先生攜帶了外祖父雅堂先生的一封信，自臺灣赴大陸，晉見在南京的張溥泉先生。信的內容如下：

溥泉先生執事：

申江一晤，悵惘而歸，隔海迢遙，久缺牋候。今者南北統一，偃武修文，黨國前途，發揚蹈厲。屬在下風，能不欣慰！兒子震東畢業東京慶應大學經濟科，現在臺灣從事報務。弟以宗邦建設，新政施行，命赴首都，奔投門下。如蒙大義，矜此子遺，俾得憑依，以供使令，幬載之德，感且不朽！且弟僅此子，雅不欲其永居異域，長為化外之人，是以託諸左右。昔子胥在吳，寄子齊國，魯連蹈海，義不帝秦；況以軒黃之華胄，而爲他族之賤奴，泣血椎心，其何能恝。所幸國光遠被，惠及海隅，棄地遺民，亦沾雨露，則此有生之年，猶有復旦之日也。鍾山在望，淮水長流，敢布寸衷，伏維亮詧。順頌任祺。不備。愚弟連橫頓首。四月十日。

雖然當時臺灣已淪陷於日本三十餘年，外祖父堅信必有光復之日，而欲求臺灣光復，須先建設祖國，所以才毅然使他的獨子單身遠赴內地。溥泉先生讀信，深爲其凜然大義所感動，接受了外祖父之託，並且建議舅舅先去北平學習國語，以便利將來之生活及工作。

舅舅在北平的居所，是借住於臺灣同鄉洪炎秋先生的家。洪先生出身鹿港書香門第，當時在北平教書，他的夫人關國藩女士是北平人，燕京大學畢業。經由洪氏夫婦的介紹，舅舅認識了洪夫人的燕大同學，瀋陽人趙蘭坤女士。兩年後，舅舅與蘭坤女士在北平完婚，他們的籍貫，一位在極南的臺灣，一位在極北的東北，萬里姻緣，實在不可思議。

舅舅因爲追隨張溥泉先生加入國民黨，並且放棄當時臺灣人法定的日本國籍，正式回復中國國籍，抗戰時期便與舅母移居於西安、重慶，參與我國政府大後方的艱難工作與生活。表弟連戰於抗日戰爭前夕誕生於西安，外祖父曾預言：「今寇燄迫人，中、日終必一戰。戰勝始能光復臺灣。」表弟之名，實為紀念外祖父之言而得。

雅堂先生有三女一子，次女春臺女士早逝。我的母親夏甸女士長於舅舅六歲，舅舅又長於姨母秋漢女士七歲。抗戰時期，我們居住在上海的日本租界，姨母一家在南京，尚可以來往，唯獨與遠在重慶的舅舅無由會見。至今我還依稀記得，母親偶爾輾轉收得舅舅親筆信函，總是如獲至寶，燈下反覆展讀。有一封信，是外祖母在西安過世後舅舅手書，母親保留了很久，那上面的文字內容已不復記憶，但泛黃的棉紙以及淚痕斑然的字跡，卻令我印象深刻。彷彿對於死亡的哀傷，是經由舅舅給母親的那一封信首度認識的；而我對於未嘗見面的舅舅，也透過那信而有一種情深親切的認識。

但是，我眞正認識舅舅，反而是在與舅母和表弟會見以後的事情。民國三十四年八月，抗戰勝利，臺灣光復。我的舅舅因奉命參加收復工作，於十一月間隨陳公洽先生直接由重慶返臺，接管當時的臺北州。舅母和當時方滿十歲的表弟，乘船順長江而下，來到上海，暫住於我父親原先出租給日本人的衖堂小洋房內。當時，我的姨父已先行返臺，姨母也帶著我的兩位表妹住在那衖堂裡的另一幢洋房內。我們三個家庭都計畫要返回臺灣定居，由我的父親接洽安排船位等諸事宜。從冬天到翌年初春二月，約莫有一季漫長的時間，我們表兄弟姊妹有足夠的時間朝夕相處。我們三家的孩子年紀相若，雖然上海口音、南京腔調和略雜著東北與四川方言趣味的語言，在初時不頂能溝通，但畢竟血濃於水，那一段無憂無慮的童年時光，手足情深，令人永難忘懷。

我們所乘的，是父親的上海籍友人所謂「大陸行」的小船。自黃浦江出發，沿著海岸線行駛，幾達兩周始抵基隆港。舅舅把三個家庭的大人小孩十餘人，迎接到他在臺北的居所。那是一座寬敞有庭園的日式舊房屋，我們在那裡暫時合住若干時日，然後，姨母和表妹們才隨來迎的姨父搬去臺中，我們則先搬到北投，然後又移回臺北的東門町。

由於同住在臺北市，母親經常帶著我和弟妹們去舅舅的家，我始有機會眞正認識舅舅。我的舅舅，和我在上海時所見舊相片中的模樣不太相像，是一位中等身材、不苟言笑的紳士。大概是因爲戴著眼鏡，不言語時薄薄的嘴唇常緊抿的緣故，他給人十分威嚴的感覺，我和弟妹們都很敬畏他。不過，舅舅對我倒是特別疼愛的，他時常會仔細凝睇，笑著對我說：「文月，你跟阿姊年輕的時候一模一樣。」有時，也偶爾會同我說一些母親年少時的趣事。四姊妹中，我最年長，最像母親；而母親是我外祖母的長女，最像外祖母，這個巧合，也許是舅舅在許多外甥女當中尤其關愛我的原因。不過，不言不語時的舅舅，看來嚴肅，我還是十分敬畏他。

我的舅舅外表嚴肅不苟言笑，同時又因公務繁忙，使我不敢親近他，但是他疼愛我的心卻表現在許多日常的事情上。我返臺時正值小學六年級的最後兩個月，當時臺北的教育制度，驟然間由日本式春季入學，改爲中國式秋季入學，顯得青黃不接，大部分學校的畢業班已沒有學生上課，我只得每天從東門步行四十分鐘，到老松國小去接受僅有的一個畢業班課程，而且只讀了兩個月的中國書就參加臺北第二女中的初中入學考試。母親甚爲我迫促的考期擔憂，同時也掛慮我不能熟悉臺北的地理方向。考試那天早晨，舅舅特別派用他自己的座車來接我去二女中參加入學考試。車中另有一位與我同年的少女，她便是世伯洪炎秋先生的女兒小如。舅舅的細心和關切，令我小小心中充滿了感激。那一次的考試對我是十分重要的，因爲他校都已於春季舉行過入學考，取則取不取則不取矣，是我由小學升入中學的唯一機會，幸得舅舅相助，我才能從容赴考場，終於如願考入了二女中。

舅舅與舅母只生有獨子表弟連戰，膝下難免寂寞，但是他常常說：「阿姊有四個女兒，秋漢有兩個女兒，都跟我自己的女兒一樣。」民國四十一年，我考入臺大中文系，舅舅家是母親第一個帶我去報喜訊的地方。我記得舅舅連連向我豎起大拇指誇讚：「了不起。讀中文系最好！你外公的學問有了傳人了。」次年，表弟考取政治系，我妹妹文仁取歷史系，表妹曉鶯取經濟系，都入了臺大，更令長輩欣喜異常。想當年在上海家的院子裡嬉笑頑皮的孩子們，都逐漸長大懂事了。這一年，舅舅的同鄉至友孫金寬先生的公子澄源也考上臺大電機系。澄源來自臺南，表妹來自臺中，二人都寄宿於舅舅當時爲建設廳長的官邸——在潮州街的日式大房子。由於我家在寧波西街，到舅舅家只須轉個彎，步行十分鐘可到，那一段時間，我和妹妹經常於假日流連舅舅家。我們五個大學生，所學各異，圍繞著舅舅和舅母閒談，往往竟日不倦。舅舅家居生活樸實無華，午間多享用舅母親手擀製的麵餃。舅舅學經濟，與表妹可謂同行，但他從政多年，而幼受庭訓，於文史又甚詳，唯於澄源所讀電機，他自稱「完全外行」，可又言談之間頗能及於許多應用科學問題，所以話題湧現，未嘗枯竭。於今回想起來，那眞是我們和舅舅相處最親密愉快的時光了。我們每個人都不會忘記，有一次大家談到當時正上演的美國喜劇電影「欽差大臣」，舅舅竟情不自禁模仿男主角丹尼凱在影片中誇張而狼狽的吃相。他的語言和動作整個投入，與我們年輕人完全不分彼此。那是我首次發現舅舅極幽默浪漫的一面，與平素嚴謹的外表迥然有別。

我讀研究所時，舅舅任民政廳長。當時我的戀愛正受阻於父母，母親見我執意不從，轉而求助於舅舅，要求他會見我的男朋友，並勸阻與我繼續交往。一日，舅舅邀約豫倫於上午八時到家相談。豫倫準時而至，坦率以告；詎料竟獲得舅舅賞識。後來，舅舅反勸我的母親：「阿姊，我看這個年輕人，除了窮一點，也沒什麼不好。他們既然相愛，你就成全了他們吧。」母親雖長舅舅六歲，俗謂「長姊若母」，平日舅舅是十分尊敬母親的，但母親對她唯一的弟弟，也頗爲倚重。由於舅舅開明的思想和一句支持的話，我和豫倫才得以順利成婚。

我結婚以後，忙於教書和自己的小家庭，而表弟出國深造。舅舅和舅母搬至士林，雖然當時舅舅身任內政部長，公務更形繁忙，但是他公餘除偶爾打高爾夫球外，別無嗜好，我和豫倫有時也專程去士林拜訪二老。我們夫婦都小有酒量，舅舅最喜歡我們陪他喝酒。舅舅爲人清廉公正，樂善好施，許多人受恩於他，唯有於年節時敬菸送酒致意，因此士林宅中，美酒幾呈氾濫。我們多數喝白蘭地酒，有時桌上有一碟花生米之類佐酒物；其實沒有佐酒肴菜時更居多。舅舅飲酒是純粹欣賞酒本身的甘醇，他食量原本不大，飲酒後更減少胃口，這或許是他始終清癯的原因，也是舅母不太喜歡他多飲酒的道理。但儘管清癯少攝食，喝了酒以後的舅舅比較愛說話。關於外祖父的逸事，便是在那種景況之下自然道出，而細酌漫談的點點滴滴，都成爲我寫《連雅堂傳》的最可貴資料了。

歲月流逝，往往不自知，待驀然一回首，始驚覺於時之不稍待。當時年少已逐漸步入中年，而我們的長輩則次第凋零。中年以後經歷不可避免的生離死別，在我們痛苦的回憶之中，卻又保留著一些甜蜜美好的痕跡。十年前，我於相鄰的兩年間連續喪失了母親和姨母；對於舅舅而言，先後失去僅有的姊姊和妹妹，白髮而悼手足，他雖不言語，內心的傷痛是可以想知的。

晚年的舅舅，辭去重要公職，奉聘爲總統府資政，他和舅母已自寬敞的士林宅第移居於臺北東區大廈之內，與返國服務政界的表弟一家，只須電梯代步來往。表弟事親至孝，人所共知，無論公私事務如何繁忙，上班之前下班之後，晨昏定省，無一日而怠慢，至於周日假期，更是隨時陪侍著兩位老人家。他們一家三代，每日有兩餐同桌共享，過著形式上分居而實質上團圓的理想生活。由於舅舅和舅母搬來臺北東區，與我的住所更為接近，我去探訪的機會也無形間變得比較頻繁起來。舅舅患著痛風，而舅母則稍早因罹中風，右半身行動不便。我去看他們，多半選擇沒有課的下午四時左右。二老都已午覺醒來，坐在安靜得略顯寂寞的客廳內，舅母身旁有一位長年看顧她的護理小姐，舅舅則坐在另一端靠近電話的沙發椅上。我們隨便漫談，舅母時常掛記我兩個孩子的學業與生活近況。舅舅在舅母同我閒談時，經常都是手持玻璃杯，他的座位下有一瓶白蘭地酒，他默默地慢飲著那杯摻了白蘭地酒的開水。醫生規定他每日飲水若干量，「那白開水淡而無味，怎麼嚥得下去？我稍微對一點酒，好讓水喝下去順口些」。舅母對於他這個說詞，只好搖頭苦笑莫可如何。「文月，你去拿個酒杯來，陪舅舅喝。你喝純的，我喝摻水的。」舅舅的邀請，我是無法拒絕的。

那一天下午，舅舅的開水中或許多了一些白蘭地的比例，他說話的興致很好，卻也帶了一些感傷的氣氛；反反覆覆地對我說：「文月，你實在太像你母親。我看見你，就好像看見阿姊一般。」「你外公的文才，是傳給了你母親；你母親當年的文筆很不錯，可惜長年的家庭生活，拖累了她，沒有讓她發揮；所幸，你又繼承了這一份遺傳。你要好好珍惜自己的才學和機會啊。」說罷，他緩緩起身，到隔壁間書房去摸索一陣子，拿了一個舊牛皮紙袋交給我。那袋中裝的是我外祖父〈延平王詞古梅歌〉的手筆鉛版。〈延平王詞〉已收入《寧南詩草》集內，歌詞頗爲慷慨壯烈。舅舅把那鉛版送給我，要我好好保藏。他說：「連家兩代單傳，我是學經濟的，阿戰又是讀政治。你外公的一些東西，慢慢的，我要整理出來送給你。」

後來，我們又閒話家常種種，不覺得多遷延，辭出時暮色正四合。舅舅特地陪我乘電梯下樓，相送到門口，再三叮嚀：小心開車；忽又喚住我說：「舅舅年紀大了，不知早晚有什麼變化，你舅母身體也不好；阿戰，他單獨一個人，沒有兄弟姊妹，日後有什麼事情，文月，你是姊姊，要幫助他，照應他啊……」暮色令我看不清舅舅臉上的表情。平日十分達觀的舅舅，爲什麼會對我談起這些話呢？當時有一種不祥的預感，在車座內遂忍不住地哭泣起來，久久無法平靜……。

兩年前，舅舅去世時，我一度提筆想寫紀念的文字，可是悲哀冰封了筆端，竟長嘆不能成章。如今，舅舅的冥誕將屆，我勉強捕捉有記憶以來與舅舅相關的細瑣往事綴成此文；許多過去的歡愁，乃一一重回到燈下眼前來，令我感受十分哀傷但又十分甜美。

——原載一九八九・二・二十七《聯合報》副刊

臺先生寫字

踏出病房的門檻，忍著噙著的眼淚，一時禁不住地漣洏灑落下來。昏暗的醫院長廊，有秋風蕭瑟。我走過一扇又一扇的病房門前，雙頰冰涼，衷情傷悲。

臺先生羸弱乏力地躺在病床上的印象，深深地烙記在我腦中。枕頭上方蒼白日光燈，照映著他蒼白的病容。臺先生彷彿知悉我去探望，偶爾勉強地睜開眼睛看看，甚至勉強地做出一種笑意，表示認得我。一隻手在半空中稍稍晃搖了一下，隨即無力地落在仰臥的胸前。那是我熟悉的手勢。平時言談之際，他往往習慣這樣子輕輕晃動手，助益談興氣氛；而今，他的手依然十分清秀修長，卻已變得格外瘦削。我用雙手輕輕握住那隻瘦削的手，竟覺得自己的掌心意外溫熱。臺先生又睜眼看到了我，「你還沒有走啊。」聲音微弱，卻是清晰可辨。「您好累，好辛苦，是不是？」我貼近臺先生的耳邊，稍微放大聲量說。他閉著眼睛，緊鎖著雙眉，道出：「人生……」在枕上無奈地搖頭。我明白他是想說：「人生實難。」近年來，他經歷許多的離別，常說的這四個字，典出於陶潛〈自祭文〉：「人生實難，死如之何。」我曾聽他提及此四字，在莊尚嚴先生病重之際，在臺師母離開後，在張大千先生逝去時……現在，他在病榻上，用微弱得幾乎聽不見的聲音說出兩個字。我想我了解臺先生的心情：人生實難！

我在黑暗的長廊上走著，臺先生那雙瘦削無力的手，清晰地浮現在我眼前。同樣是清秀的手，修長的手指，從前總覺得與他高大壯碩的身軀不甚相稱。那是一雙藝術家的手。除了教書治學之外，臺先生的書法、文人畫和篆刻，都是別樹一格，名聞遐邇的。

我記起不久前（其實已是八、九年前之事了。時光流逝，委實令人驚心！）有一次新春過後，在他溫州街龍坡里的書房裡，臺先生頗欣欣然自得地展示他新製的石印，上刻著「辛酉年」。他要我特別注意石印側面刻的字：「開歲八十矣戲製此印以驗老夫腕力」，不等我讚美，臺先生自己很開心地說：「不錯。手勁還可以。」

豈僅手勁可以，八十歲戲製石印的臺先生，身體健壯，行步如飛，菸酒談讌，而退休後的清閒生活，則又使他有更充裕的時間寫字作畫，自得其樂。他寫字作畫不但自娛，且又慷慨闊綽，除了少數他所討厭的人（臺先生心中自有善惡喜厭標準，接近他的人都知道）以外，有求必應，甚至輾轉求墨寶者，亦不拒絕。不過，逐漸的，書債累積，令他厭煩。有時，我登門拜訪，適逢他正作書償諾，難免聽到言語之間有一些倦怠不耐，便勸他不要那麼認眞，可是他也只能嘆氣：「唉！答應了人家的，有什麼辦法？」寫字到了那種程度，恐怕是漸漸脫離了自得其樂的境界吧。有時候，也有人託我求臺先生墨寶，在那種情況下，我不忍心開口，也不便於擅自代爲拒絕，便往往在臺先生送給我的一些作品當中選一幅，再轉贈與人。

臺先生賞與學生字畫，最不吝嗇。誠如他在《靜農書藝集》序所說：「大學友生請者無不應，時或有自喜者，亦分贈諸少年，相與欣悅，以之爲樂。」我個人從未敢向臺先生開口求字，然而，多年來竟也不覺得累積了許多他分贈令我欣悅的寶物。其中最值得一記的是，某年初秋，豫倫和我邀請臺先生和另幾位師友來家中餐敘。我自己下廚做了臺先生最愛吃的雞燉排翅，及幾道小菜。那天傍晚，臺先生比別的客人早來半小時，手上提一瓶美酒，又一捆字，卻叫我們先收下莫打開。待客人走後，我們懷著好奇與期待的心情打開來看，赫然近二十幅大小不同，字體有別的墨寶。有幾副對聯，也有不少臺先生最具特色的倪體行草，尤其令我感動的是兩大橫幅字，一是王粲的〈登樓賦〉，一是庾信的〈哀江南賦序〉。我立即打電話道謝。臺先生有些醺醺然的說：「好玩的。寫著玩，給你們夫婦倆留做紀念。」又說：「今晚喝得很痛快！菜做得也不錯。」

據我所知，臺先生時常如此即興餽贈字畫，令人受寵若驚。他送給學生及幼輩字畫，時則有上款、下款與印章齊全，時或缺其一、二，有時甚至無款也無章，或者利用裁餘的紙條寫一些前人集句對聯，也都是趣味無窮，教人愛不忍釋。臺先生教書多年，桃李滿天下，每個人都認爲自己是老師最鍾愛的學生，蓋即緣於此。

十五年前的夏暮雨過後，一日，臺先生忽然步行到我家。我們隨興閒談，起初喝著茶，後來他問：「可有什麼開過的酒沒有？」找到了半瓶威士忌，再盛兩碟子花生米一類佐酒小肴，我陪老師淺酌起來。天色漸暗，想留他便餐，但臺先生說，晚上有人邀宴，順道先過來的。又說：「有一卷詩鈔，給你留著。不過，現在不必急著裱，怕外面人看了不太好。」當時，臺先生的語氣有些神祕，我便也唯唯諾諾道謝收下。那詩卷長達三七〇公分，上書四十五首詩，從早年在四川白沙時代所作，到當時所寫，可以看出一個動亂時代裡，一位熱血書生的家國憤慨。卷末有跋文：「余未嘗學詩，中年偶以五七言寫吾胸中煩冤又不推敲格律更不示人今鈔付文月女弟存之亦無量劫中一泡影爾一千九百七十五年六月九日坐雨靜農書臺北龍坡里之歇腳盦」。後有二印，上是「澹臺靜農」，下爲「身處艱難氣如虹」。我逐首讀著，視覺逐漸朦朧，看到後面的跋文，早已感動而淚水婆娑滿面了。十五年中，我一直遵守諾言，未敢稍及此事；今日較諸往昔已大有改變，而臺先生病榻上也親口允准，乃遂將之裱妥，公之於世。臺先生是性情中人，其中一字一句都是嘔心瀝血的情志，也足供做半個世紀來艱難時代的見證。

在臺先生的言行舉止中，我們看到的是一位傳統中國文士的氣節與風骨，甚至略嫌守舊的價値觀念。他寫字純粹是爲了興趣愛好，所以初時隨興餽贈，即使轉輾求書的人也不例外。不過，正如他在《書藝集》序中所說：「外界知者漸多而索求者亦衆」，有些外界陌生人士於獲得墨寶後，不知何以報答表謝忱，而他能菸善酒之名氣也廣爲人知，所以逐漸的，大家便以菸酒表示敬意。求字者越來越多，名菸佳釀便也越積越多。龍坡里九鄰的書房後面有一間加蓋的長形小書房，菸酒與書籍雜陳。中文系師友宴會，臺先生必定欣然攜酒參與；而我有時突然相訪閒談，回家時也偶爾意外地恭敬不如從命，帶一條菸或抱一瓶酒走。推辭是沒有用的。「拿去，拿去。我這裡多的是。」「這淡菸是女性抽的。」他總是有一些令人不能婉謝的理由。有一次，甚至還送了一枚好看的打火機給我。

自從臺大退休以後，求書的人難免多一層考慮，於求字獲應之際，偷偷地包一些潤筆致意。臺先生總千方百計退還，受者又不免於購禮奉敬。我們學生輩之間，遂有人勸老師不妨收下人家的謝意，否則求字的人眞不知該何以爲報，我們又力陳：寫文章尚且有稿費，畫家也是賣畫的，寫字何以獨免？而況此事古已有之，隋代的鄭譯曾說過：「不得一錢，何以潤筆！」清朝鄭板橋且定有潤格。大家說得振振有詞，臺先生大概也稍感心安，其後始漸漸接受潤資。

臺先生淡泊名利，雖然他善書道之美譽已著稱海內外，日本書道會屢有信函稱讚，欲為之編纂專刊。我遵囑為他譯讀頌讚之詞時，他面色猶有些靦腆不自然。對於日人所製的毛筆，臺先生倒是十分喜愛，每次我有機會赴日本旅行或開會時，總不忘去東京的筆墨老鋪溫恭堂選購一些筆和墨，他多年來習用「墨之華」，筆，則偏好「一掃千軍」以寫大字，「長鋒快劍」以書小字。溫恭堂是日本著稱的古老店鋪，店主已故，老闆娘猶秉具傳統世風，聞悉用筆者是中國書道名家，她每回都親自代為物色精上之品，且用特製小梳，細心一一為之梳開羊毫毛筆，至自己滿意為止；時則又贈送一些撒金字畫用紙一類小禮物。溫恭堂的毛筆品質極佳，價錢也昂貴，臺先生不願意接受我贈送，我也不敢拂逆他的意思，所以總是折合臺幣，計算得毫釐不差。

走筆至此，則又記起今年暑假過後，我從美國回來，次晨去臺先生新搬的家探望。那時他雖已臥病多時，精神尚好，閒談種種之餘，他告訴我：「昨天剛剛退還了幾筆款項。」那是求字的人預先奉致的潤資。「做買賣，向來規矩如此。不能交貨，就得退還定金啊。」他斜倚在家人為他重疊的枕堆上，習慣地晃搖著一隻手說。大概是想要說得輕鬆一些，幽默一些的吧？可是，說完凝視自己的手，他忽然神色凝重起來。我望著當時雖已乏力而尚未至於瘦削的那隻右手，也非常非常難過起來。書道寫字之於臺先生，合當是生命中最重要的事項之一。數年之前，因腦部微血管破裂而施行開刀手術，八十餘歲高齡的臺先生竟以驚人的速度復元。返家靜養未久，他已迫不及待地在書房試筆。從初時所寫的無力乏氣，到逐漸恢復往日筆勁，甚至於愈形蒼茫雄渾，我看到那種喜悅在他面上，豈單是拾回信心而已，應可說是重獲新生吧。

不過，我又憶起，始悉罹患重病時，各方友朋學生均有來信慰問，其中李方桂師母的慰問卡片上附言，最令臺先生欣慰。那上面寫著幾句話：「您一生當中吃的好菜，喝的美酒比任誰都多。教的學生，交遊的好友也最多。您應該感覺驕傲，您的一生眞可以抵上別人的兩輩子了。」每一次我去家中探病，臺先生都要叫我反覆再三地讀這一段文字，後來又囑我代爲覆信致謝。現在，我倒是認爲，李師母的那一段話後面應當補充：「您這一生當中所寫的字比任誰都多而且好，大家都十分珍愛，您可以滿意無憾了。」

臺先生的手，辛勤地寫了那麼多字和文章，繪過那麼多畫，刻過那麼多印章，且都受到喜愛、欣賞與推崇，而今休息，委實無所遺憾了。

——原載一九九〇．十一．二十四《聯合報》副刊

臺先生的肖像

七年前的暑期，記不清楚是因爲心緒佳或情思鬱結，彷彿是暫時厭倦文字的孜孜矻矻經營，我從書房一隅找到了荒置多年的舊畫紙，已然有些泛黃了；又隨手抽取案前筆筒內一枝2B的鉛筆，試著照一本書冊頁內的川端康成影像，擬繪成那位日本作家清癯的相貌。同樣屬於握筆的工作，繪畫帶給我的快樂與成就感，竟然頗有別於遣詞謀篇綴文的辛勤。

次日，畫興仍濃。我翻找相簿，找到一張半年前王信所拍攝的臺先生影像，那是我陪她到溫州街龍坡里臺先生寓所，拍攝出來的佳作之一。

王信當時正籌畫拍攝人像開影展，她怕臺先生面對照相機會侷促不安，所以特別邀我去和臺先生閒談。初時，臺先生和我都不免意識到那鏡頭後面的凝視，而稍感不自在。不過，王信盡量含蓄地左右上下捕捉動態，時間既久，我們也就逐漸忘了相機的存在而投入話題中。臺先生點燃一枝菸，也遞給我一枝菸和打火機。對抽著菸，似乎更覺閒在無所顧忌了。那時，日本書道學會剛寄來一冊臺先生的書藝專刊，他欣欣然從籐椅邊側的矮几上取來，攤放在書桌前，要我爲他譯讀前面那一頁序文。遇著讚頌的詞句，他面上的表情倒是有些許赧澀和喜悅，提到他書法傳承的脈絡問題，則頻頻頷首表示同意。「是的，確乎如此。」他肯定自己的造詣，竟然與品評他人作品的口吻同樣的簡潔。約莫費時一個鐘頭，王信拍攝了三卷膠片，剩餘的幾張，也爲臺先生、師母和我合拍了若干不同的角度。照片沖印出來後，有幾張頗受臺先生喜愛。王信親自進暗房剪裁放大，贈送給臺先生，順便也送我數幀。

我挑選出來的一張，是黑白對比較強烈的側影，右側面幾乎大部分是暗影，只有眼鏡玻璃片後的眼神依稀可辨，整個背景也是暗調子的。這與當時書房內的光線有關，亦是王信攝影講究自然光不喜用閃光燈所致。不過，面部的輪廓十分清晰，應該是不難臨摹描繪的。

我取用同一枝筆、另一張紙，開始在畫面上測度大小、輪廓及動向，便開始一筆一筆著手畫起來。十五分鐘後，布局既定，心中便有一些自信，遂起坐離席，稍事徘徊。一方面是休息，一方面也是避免過度執著，會鑽入牛角尖，專注小處而忽略大局。忽然暗覺有趣，這習慣竟然與我近年來寫文章完全相同。我自幼喜愛畫人像，高中時期厭惡上數理的課，一本厚實的《范氏大代數》直立書桌上，正好可以擋住老師的視線，常常僞裝做筆記，其實私下畫著一張張的電影明星鉛筆畫像，同學們都知悉此事；實則，我是爲班上影迷同好繪製那些肖像的。那時候，通常可以一氣呵成，不必費時猶豫。早年寫文章亦復如此，有了靈感，往往能夠不假思索綴辭。其後，文章越寫越短，而且愈多顧慮，且又養成中途必須停頓以冷卻思緒的習慣。不知是年紀長大，精神體力不繼，還是其他原因。多年不提畫筆，一旦作畫，這種寫文章的習慣竟隱隱然也出現在構圖布局之際。

把五官定位之後，便開始描繪細部。做臺先生的學生三十年了，從學生時代坐在課堂上聆聽他講課，到其後數不清次數的面對面請益或閒談，都沒有如此專注仔細地端詳過他臉上每一處細微的部分。雖然較諸年輕時代的俊美，八十餘歲的臺先生身體已發福，面部也顯然豐腴了許多，卻更具長者的尊嚴與風貌。我重新驚異地發現，他挺直而骨肉均勻的鼻梁、炯炯智慧的眼神、厚薄大小適宜的嘴脣，和象徵福壽的長耳，整個的配合，依舊是十分好看。我很少看到這樣好看的老人。

最難以捕捉表現的是鏡片後面的眼神。王信偏愛暗調子的沖印效果，如果完全依照相片的明暗對比，幾乎會使雙目在暗影下模糊不清楚，尤其右眼，實在難以辨視，故只得做適度調整，減低明暗度的對比，以求畫面效果。臺先生的眼鏡，多年來愛用著那一副老式黑色框架的；不過，後來白內障開刀後，看小字尙須借助放大鏡。他性急，有時也不免抱怨：「老了，眞不中用。討厭死啦！」其後，逐漸習慣，始較能接受現實。歲月流逝，體氣衰老，確實是無可奈何之事！他原來並不留鬍鬚的，七十歲那一年太夫人過世，依古制不剃，後遂留上鬚。他的鬍鬚不如魯迅先生的濃厚，但疏密有致，且又有幾莖花白參雜其間，亦頗神氣。當時攝下的那個表情，是剛剛說完什麼話嗎？還是在聽我談什麼話呢？嘴角帶一些笑意。這微微的笑意，緩和了稍顯嚴肅的眼神，使照片上的臺先生看起來和藹一如往常。我用鉛筆來回加深嘴角的紋路和暗影，及下巴渾厚的趣旨，那種感覺就浮現了。鼻子、耳朵、頸部和眉毛，都比較容易表現，但眉間的一點皺紋卻不易處理。太深會使整個表情凝重，過淺又無法襯托思考的印象。近年來，臺先生的頭髮竟如此稀疏變白，這倒是平日不怎麼刻意去注視的，只記得話興濃時，他常常會用手指去抓一抓頭皮，是那種不經意而快速的動作。我用快速而簡單的筆法淡化髮部，以求凸顯顏面；樸素的衣領，也不必過分注意細節吧。照片的背景是沉暗的，我故意使其留白。這是繪畫得有別於攝影之處，畫者比較多一些取捨變化的自由空間。最後，小心點染一些老人斑。因爲雖已淡化，整個臉部還是相當暗，斑點太深會像痣，太淺則又根本顯現不出來。原來，臺先生臉上的老人斑還眞不少。可能是由於他皮膚較黑，平時

臺靜農先生畫像　　林文月　繪

沒有注意到，但說實在的，普通談話時，誰會刻意去看別人臉上的斑痣等細處呢？

久不作畫，這樣一張素描，修修改改，竟也花費一個上午的時間。

傍晚時分，我連同畫冊內川端康成的肖像，一起攜帶到溫州街。臺先生端詳良久，十分喜歡。「畫得好，送我吧。」師母也在一旁笑咪咪地說：「很像、很像。」但我沒有什麼把握，怕他們兩位老人家是故意安慰我。正巧，他們的小孫兒么么跑過，我拿畫像給他看，問：「這是誰啊？」「爺爺嘛！」么么斬釘截鐵的說。當時他只有兩三歲許大，小孩子應該是不懂客套安慰的吧。

其實，我自己認爲川端康成的肖像畫得較好，但臺先生說：「我這張畫得更好！」其實，我原想要自己保留的，但臺先生和師母都喜歡，只好答應配好框子再送過去。

素描肖像不宜配太複雜的框子，老人畫像不宜太華麗，但也忌諱過於素淨。我到美術文具店訂製一個木框，請店主替我襯托各種顏色的紙板樣式。最後，挑選了墨綠色，但於靠近畫紙的四周，押一條細細的暗紅色，如此，看來既典雅而又帶一些喜氣。我相當滿意。

臺先生也十分滿意。他立刻把畫像掛在書房牆上，進門可見之處。我不是畫家，沒有受過嚴格的技巧訓練，那肖像只是一時心血來潮之作，想不到竟會讓我的老師如此高興。那日正逢教師節。

十一月九日星期五，上午出門時，豔陽熾熱，有如盛夏，正午授完課步出教室，天氣驟變，起風飄細雨，頗有些寒意。我快步走過風雨的校園到停車處。開啓車門時，引面颳來的風夾帶的砂粒吹入眼中，令我流淚。我掏出手帕拭淚，待砂粒隨淚流出，方始發動引擎駛向歸途。霎時心頭忽一陣騷動，有異樣的感覺，但午後有公務要事，便也忙碌中忘了那個異樣的感覺。

一點十分，我已用餐畢，正待公家的車來迎，忽聞電話鈴響起，竟然是臺先生過世的噩耗！近十個月以來，臺先生纏綿病榻，許多學生關懷，頻頻探病，我自己也幾乎三兩天就去醫院看他；沒想到不及送終，也未能瞻仰遺容，委實悲痛遺憾！

當晚，我和張臨生從外雙溪趕至溫州街。日式房舍的玄關中央，已設置了簡單的靈堂。白布蒙罩方几，素花鮮果和香爐在上，端起兩炷香，仰視臺先生放大的近照，彷彿是夢幻，不能相信是眞實的事情。抑制了一個下午的悲哀，終於崩潰，我泣涕不能禁止。

益公和惠敏讓我們上去，坐在書房裡。桌面上書籍筆墨依舊，但臺先生常坐的那張籐椅空在書桌前。今後我們將永遠不再見到老師坐在那裡談笑論事講學問了。

辭歸時，我回頭看了一下牆上那張肖像。肖像不會隨人而去，在我們的心中，老師的學行典範與許多美好的記憶，也永遠不會消失。哀傷中，我忽又體悟到這一點令人安慰之事。

——原載一九九〇・十一・二十五《中國時報》副刊

溫州街到溫州街

從溫州街七十四巷鄭先生的家到溫州街十八巷的臺先生家，中間僅隔一條辛亥路，步調快的話，大約七、八分鐘便可走到，即使漫步，最多也費不了一刻鐘的時間。但那一條車輛飆馳的道路，卻使兩位上了年紀的老師視爲畏途而互不往來頗有年矣！早年的溫州街是沒有被切割的，臺灣大學的許多教員宿舍便散布其間。我們的許多老師都住在那一帶。閒時，他們經常會散步，穿過幾條人跡稀少的巷弄，互相登門造訪，談天說理。時光流逝，臺北市的人口大增，市容劇變，而我們的老師也都年紀在八十歲以上了，辛亥路遂成爲咫尺天涯，鄭先生和臺先生平時以電話互相問安或傳遞消息；偶爾見面，反而是在更遠的各種餐館，兩位各由學生攙扶接送，筵席上比鄰而坐，常見到他們神情愉快地談笑。

三年前仲春的某日午後，我授完課順道去拜訪鄭先生。當時《清晝堂詩集》甫出版，鄭先生掩不住喜悅之情，叫我在客廳稍候，說要到書房去取一本已題簽好的送給我。他緩緩從沙發椅中起身，一邊念叨著：「近來，我的雙腿更衰弱沒力氣了。」然後，小心地蹭蹬地在自己家的走廊上移步。望著那身穿著中式藍布衫的單薄背影，我不禁又一次深刻地感慨歲月擲人而去的悲哀與無奈！

《清晝堂詩集》共收鄭先生八十二歲以前的各體古詩千餘首，並親爲之注解，合計四八八頁，頗有一些沉甸甸的重量。我從他微顫的手中接到那本設計極其清雅的詩集，感激又敬佩地分享著老師新出書的喜悅。我明白這本書從整理、謄寫，到校對、殺青，費時甚久；老師是十分珍視此詩集的出版，有意以此傳世的。

見我也掩不住興奮地翻閱書頁，鄭先生用商量的語氣問我：「我想親自送一本給臺先生。你哪天有空，開車送我去臺先生家好嗎？」封面有臺先生工整的隸書題字，鄭先生在自序末段寫著：「老友臺靜農先生，久已聲明謝絕爲人題寫書簽，見於他所著《龍坡雜文》〈我與書藝〉篇中，這次爲我破例，尤爲感謝。」但我當然明白，想把新出版的詩集親自送到臺先生手中，豈是僅止於感謝的心理而已；陶潛詩云：「奇文共欣賞，疑義相與析。」何況，這是蘊藏了鄭先生大半生心血的書，他內心必然迫不及待地要與老友分享那成果的吧。

我們當時便給臺先生打電話，約好就在那個星期日的上午十時，由我駕車接鄭先生去臺先生的家。其所以挑選星期日上午，一來是放假日子人車較少，開車安全些；再則是鄭先生家裡有人在，不必擔心空屋無人看管。

記得那是一個春陽和煦的星期日上午。出門前，我先打電話給鄭先生，請他準備好。我依時到溫州街七十四巷，把車子停放於門口，下車與鄭先生的女婿顧崇豪共同扶他上車，再繞到駕駛座位上。鄭先生依然是那一襲藍布衫，手中謹慎地捧著詩集。他雖然戴著深度近視眼鏡，可是記性特別好，從車子一發動，便指揮我如何左轉右轉駛出曲折而狹窄的溫州街；其實，那些巷弄對我而言，也是極其熟悉的。在辛亥路的南側停了一會兒，等交通號誌變綠燈後，本擬直駛到對面的溫州街，但是鄭先生問：「現在過了辛亥路沒有？」又告訴我：「過了辛亥路，你就右轉，到了巷子底再左轉，然後順著下去就可以到臺先生家了。」我有些遲疑，這不是我平常走的路線，但老師的語氣十分肯定，就像許多年前教我們課時一般，便只好依循他的指示駕駛。結果竟走到一個禁止左轉的巷道，遂不得不退回原路，重新依照我所認識的路線行駛。鄭先生得悉自己的指揮有誤，連聲向我道歉。「不是您的記性不好，是近年來臺北的交通變化太大。您說的是從前的走法；如今許多巷道都有限制，不准隨便左轉或右轉的。」我用安慰的語氣說。「唉，好些年沒來看臺先生，路竟然都不認得走了。」他有些感慨的樣子，習慣地用右手掌摩挲著光禿的前額說。「其實，是您的記性太好，記得從前的路啊。」我又追添一句安慰的話，心中一陣酸楚，不知這樣的安慰妥當與否？

崇豪在鄭先生上車後即給臺先生打了電話，所以車轉入溫州街十八巷時，遠遠便望見臺先生已經站在門口等候著。由於我小心慢駛，又改道耽誤時間，性急的臺先生大概已等候許久了吧？十八巷內兩側都停放著私家小轎車，無法在只容得一輛車通行的巷子裡下車，故只好將右側車門打開，請臺先生扶鄭先生先行下車，再繼續開往前面去找停車處。車輪慢慢滑動，從照後鏡裡瞥見身材魁梧的臺先生正小心攙扶著清癯而微僂的鄭先生跨過門檻。那是一個有趣的形象對比，也是頗令人感覺溫馨的一個鏡頭。臺先生比鄭先生年長四歲，不過，從外表看來，鄭先生步履蹣跚，反而顯得蒼老些。

待我停妥車子，推開虛掩的大門進入書房時，兩位老師都已端坐在各自適當的位置上了——臺先生穩坐在書桌前的籐椅上，鄭先生則淺坐在對面的另一張籐椅上。兩人夾著一張寬大的桌面相對晤談著；那上面除雜陳的書籍、硯臺、筆墨，和茶杯、菸灰缸外，中央清出的一塊空間正攤開著《清晝堂詩集》。臺先生前前後後地翻動書頁，急急地誦讀幾行詩句，隨即又看看封面看看封底，時則又音聲宏亮地讚賞：「哈啊，這句子好，這句子好！」鄭先生前傾著身子，背部微駝，從厚重的鏡片後瞇起雙眼盯視臺先生。他不大言語，鼻孔裡時時發出輕微的喀嗯喀嗯聲。那是他高興或專注的時候常有的表情，譬如在讀一篇學生的佳作時，或聽別人談說一些趣事時；而今，他正十分在意老友臺先生對於他甫出版詩集的看法。我忽然完全明白了，古人所謂「奇文共欣賞」，便是眼前這樣一幕情景。

我安靜地靠牆坐在稍遠處，啜飲杯中微涼的茶，想要超然而客觀地欣賞那一幕情景，卻終於無法不融入兩位老師的感應世界裡，似乎也分享得他們的喜悅與友誼，也終於禁不住地眼角溫熱濕潤起來。

日後，臺先生曾有一詩讚賞《清晝堂詩集》：

千首詩成南渡後，
精深雋雅自堪傳。
詩家更見開新例，
不用他人作鄭箋。

鄭先生的千首詩固然精深雋雅，而臺先生此詩中用「鄭箋」的典故，更是神來之筆，實在是巧妙極了。

其實，兩位老師所談並不多，有時甚至會話中斷，而呈現一種留白似的時空。大概他們平常時有電話聯繫互道消息，見面反而沒有什麼特別新鮮的話題了吧？抑或許是相知太深，許多想法盡在不言中，此時無聲勝有聲嗎？

約莫半個小時左右的會面晤談。鄭先生說：「那我走了。」「也好。」臺先生回答得也簡短。

回鄭先生家的方式一如去臺先生家時。先請臺先生給崇豪、秉書夫婦打電話，所以開車到達溫州街七十四巷時，他們兩位已等候在門口；這次沒有下車，目送鄭先生被他的女兒和女婿護迎入家門後，便踩足油門駛回自己的家。待返抵自己的家後，我忽然冒出一頭大汗來。覺得自己膽子眞是大，竟然敢承諾接送一位眼力不佳，行動不甚靈活的八十餘歲老先生於擁擠緊張的臺北市區中；但是，又彷彿完成了一件大事情而心情十分輕鬆愉快起來。

那一次，可能是鄭先生和臺先生的最後一次相訪晤對。

鄭先生的雙腿後來愈形衰弱；而原來硬朗的臺先生竟忽然罹患惡疾，纏綿病榻九個月之後，於去秋逝世。

公祭之日，鄭先生左右由崇豪與秉書扶侍著，一清早便神色悲戚地坐在靈堂的前排席位上。他是公祭開始時第一位趨前行禮的人。那原本單薄的身子更形單薄了，多時沒有穿用的西裝，有如掛在衣架上似的鬆動著。他的步履幾乎沒有著地，全由女兒與女婿架起，危危顚顚地挪移至靈壇前，一路慟哭著，涕淚盈襟，使所有在場的人倍覺痛心。我舉首望見四面牆上滿布的輓聯，鄭先生的一副最是眞切感人：

六十年來文酒深交弔影今爲後死者
八千里外山川故國傷懷同是不歸人

那一個仲春上午的景象，歷歷猶在目前，實在不能相信一切是眞實的事情！

臺先生走後，鄭先生更形落寞寡歡。一次拜訪之際，他告訴我：「臺先生走了，把我的一半也帶走了。」語氣令人愕然。「這話不是誇張。從前，我有什麼事情，總是打電話同臺先生商量；有什麼記不得的事情，打電話給他，即使他也不記得，但總有些線索去打聽。如今，沒有人好商量了！沒有人可以詢問打聽了！」鄭先生彷彿爲自己的詩作注解似的，更爲他那前面的話作補充。失去六十年文酒深交的悲哀，絲毫沒有避諱地烙印在他的形容上、回響在他的音聲裡。我試欲找一些安慰的話語，終於也只有惻然陪侍一隅而已。腿力更爲衰退的鄭先生，即使居家也須倚賴輪椅，且不得不僱用專人伺候了。在黃昏暗淡的光線下，他陷坐輪椅中，看來十分寂寞而無助。我想起他〈詩人的寂寞〉啓首的幾句話：「千古詩人都是寂寞的，若不是寂寞，他們就寫不出詩來。」鄭先生是詩人，他老年失友，而自己體力又愈形退化，又豈單是寂寞而已？近年來，他談話的內容大部分圍繞著自己老化的生理狀況，又雖然緩慢卻積極地整理著自己的著述文章，可以感知他內心存在著一種不可言喻的又無可奈何的焦慮。

今年暑假開始的時候，我因有遠行，準備了一盒鄭先生喜愛的鬆軟甜點，打電話想徵詢可否登門辭行。豈知電話的那一位護佐，她勸阻我說：「你們老師在三天前突然失去了記憶力，躺在床上，不方便會客。」這眞是太突然的消息，令我錯愕良久。「這種病很危險嗎？可不可以維持一段時日？會不會很痛苦？」我一連發出了許多疑問，眼前閃現兩周前去探望時雖然衰老但還談說頗有條理的影像，覺得這是老天爺開的玩笑，竟讓記性特好的人忽然喪失記憶。「這種事情很難說，有人可以維持很久，但是也有人很快就不好了。」她以專業的經驗告訴我。

旅次中，我忐忑難安，反覆思考著：希望回臺之後還能夠見到我的老師，但是又恐怕體質比較薄弱的鄭先生承受不住長時的病情煎熬；而臺先生纏綿病榻的痛苦記憶又難免重疊出現於腦際。

七月二十八日清晨，我接獲中文系同事柯慶明打給我的長途電話。鄭先生過世了。慶明知道我離臺前最焦慮難安的心事，故他一再重複說：「老師是無疾而終。走得很安詳，很安詳。」

九月初的一個深夜，我回來。次晚，帶了一盒甜點去溫州街七十四巷。秉書與我見面擁泣。她爲我細述老師最後的一段生活以及當天的情形。鄭先生果然是走得十分安詳。我環顧那間書籍整齊排列，書畫垂掛牆壁的客廳。一切都沒有改變。也許，鄭先生過世時我沒有在臺北，未及瞻仰遺容，所以親耳聽見，也不能信以爲眞。有一種感覺，彷彿當我在沙發椅坐定後，老師就會輕咳著、步履維艱地從裡面的書房走出來；雖是步履維艱，卻不必倚賴輪椅的鄭先生。

我辭出如今已經不能看見鄭先生的溫州街七十四巷，信步穿過辛亥路，然後走到對面的溫州街。秋意尚未的臺北夜空，有星光明滅，但周遭四處飄著悶熱的暑氣。我又一次非常非常懷念三年前仲春的那個上午，淚水便禁不住地婆娑而往下流。我在巷道中忽然駐足。溫州街十八巷也不再能見到臺先生了。而且，據說那一幢日式木屋已不存在，如今鋼筋水泥的一大片高樓正在加速建造中；自臺先生過世後，實在不敢再走過那一帶地區。我又緩緩走向前，有時閃身讓車輛通過。

不知道走了多少時間，終於來到溫州街十八巷口。夜色迷濛中，果然矗立著一大排未完工的大廈。我站在約莫是從前六號的遺址。定神凝睇，覺得那粗糙的水泥牆柱之間，當有一間樸質的木屋書齋；又定神凝睇，覺得那木屋書齋之中，當有兩位可敬的師長晤談。於是，我彷彿聽到他們的談笑親切，而且彷彿也感受到春陽煦暖了。

——原載一九九一．九．二十二《中國時報》副刊

坦蕩寬厚的心

——因百師《永嘉室雜文》整理後記

約在民國六十六年至七十三年間，臺北的報紙副刊上忽然隔一段時間可以讀到筆調幽默清雅深刻的文章。從內容風格看來，必然是一位國學根柢深厚而胸襟開明豁達的長輩學者所寫。作者時則以「龍淵中隱」為筆名發表文章，又有時則以「大學中隱」。文藝界人士一時好奇，相互詢問：究竟寫〈搬家詩話〉、〈此身已愧須人扶〉及〈四書漫談〉等文章的「中隱」先生是何許人也？我們幾個鄭先生的老學生，卻讀後欣然有所領會：那種寫身邊瑣事而出之以如此風雅雋永的文筆者，非因百師莫屬。不過，說實在的，從讀大學時期上鄭先生許多古典詩詞曲的課，到後來在他的指導之下完成兩篇學位論文；甚至於忝為人師後遇有學問上的問題仍隨時請益，我自己深知鄭先生是誨人不倦的師長，治學嚴謹的學者，以及熱心於舊體詩詞的文士，卻從來未曾拜讀過他用白話文撰寫的散文作品。

鄭先生昔日授課，每好舉出他所寫的詩詞以爲講解之際的補充佐證，有時也穿插一些他個人的經歷，乃至家居瑣務，以調劑上課的嚴肅氣氛。他的語氣悠緩，口吻幽默，但從未透露過自己稍早曾有散文創作的事實；他以深入淺出的文字理析古典文學的篇章，倒是常刊登於各種刊物，而爲學界所尊崇熟悉的。

我個人得悉鄭先生早年於治學之文章外，又有各種白話散文的創作，是在三年前。當時我的另一位老師臺靜農先生將多年來所撰寫的散文編輯成《龍坡雜文》，委由洪範書店出版。鄭先生得到他的老友贈書，一時興起，也想把他收藏多年的舊稿編成一本文集。他並且要我打聽洪範書店可有意也爲他出版如同《龍坡雜文》那樣的文集於知悉洪範書店誠摯歡迎後，鄭先生便開始進行整理編輯的工作；爾後，又交給我一張他於五十歲前後所拍攝的照片，告訴我：「你有空時，拿這張照片做底本，也給我畫一張鉛筆肖像吧。」我曾經隨興而作，爲臺先生畫過一張鉛筆肖像，後來送給臺先生做爲某一年的教師節禮物。蒙臺先生偏愛，特囑豫倫設計文集封面時納入其中。臺先生長鄭先生四歲。鄭先生兄事臺先生，許多事情都與之商量而行。我猜想，鄭先生要我爲他繪製肖像，恐怕也是事出有因。

不過，這事帶給我不少心理壓力。一者我非畫家，偶爾提筆作畫，純屬消遣自娛性質，畫成功者少，失敗者居多；再者，爲臺先生畫像時，當事人事先並未知曉，如今鄭先生命令我畫像，不容不繳卷，只許成功不許失敗，心境乃遂迥異其趣。我做事一向不喜拖延，但鄭先生的照片小心收藏在抽屜裡，幾近一年，越是焦急越不敢提筆面對，心中十分惶怖。爲此，甚至於不太敢去拜訪老師門下了。鄭先生大概也不便催促，有時言談間忽然出示近照，說是某某人前時所拍攝。我當然心中明白，只得囁嚅而道：「那張畫，始終不敢去動筆。心情很緊張。」鄭先生說：「不必緊張。你儘管用平常心去畫好了。」我知道終須面對的事情是無法逃避的，故於去年寒假最後一星期開始提筆。但三十年前在照像館拍攝的相片，姿態神情都十分嚴肅僵硬，且經攝影師修正後的肖像，畫面上過於光潤，即使我畫得唯妙唯肖，恐怕也沒有幾個人認得出那就是鄭先生。所以我不得不將面頰畫得稍微瘦削，額際、嘴角添增一些皺紋，頭髮也使其疏落一些；果然就比較接近大家所認識的鄭先生了。最後，我把照片中當年流行的領下蝴蝶結，改畫成長形領帶，總算完成了任務。

畫像在寒假結束後，繳到鄭先生手中。當老師取下近視眼鏡仔細端詳時，我內心忐忑焦慮，勝於昔日求學時期等待分發考卷之時。「可以算及格嗎？」「及格，及格。很好。只是畫像的憂鬱性多了點兒。」那句話，算是考卷上的評語吧。

而日暮年邁，友朋漸凋，鄭先生晚年的心境，確實是憂鬱性增多。也許是心理影響

鄭騫先生畫像　　林文月　繪

於生理，他更形消瘦，逐漸不良於行，終於居家須賴輪椅了。畫像繳卷後，我內心則另有一種焦慮；尤其在臺先生過世後，我有一種恐懼，想早日完成鄭先生出版文集的心願，但又不忍催促過急。每一次若不經意似地詢問：「文章整理好了嗎？」他總說：「不急，不急。」

而在不急不迫之間，鄭先生竟猝然去世了！

在許多書籍和遺物之中，我們找到兩疊老師細心整理編次好的文稿。一部分是未成集的論文，交由大安出版社印行；另一部分雜文類的稿子，擬交予洪範書店付梓。

我一一檢視泛黃的牛皮紙袋中許多篇章，再一次爲鄭先生的嚴謹細心所感動。從民國三十七年來臺以前所寫的十二篇，到來臺後所撰十八篇，又序跋二十八篇，共十數萬字的長短各篇，幾乎每一篇都有原稿（或影印）、刊登文樣，以及其後又依刊登文樣謄書的稿紙，甚至在謄書後又親自校對、修正，或刪補者亦頗不少。從這許多重複的文章裡，我爲因百師所做的整理工作，首先是需要分辨何者是老師最後認定的修正稿。由於每一篇文章往往都有三兩篇剪報，其上所校訂，有時並不相同。而看來是其後再由學生謄書的清秀字跡之稿樣上面，又有老師自己的筆跡所做校對與潤飾訂正，因此須得依照目次上所排列的順序，每一篇都在數種樣式之中仔細比對，選擇最完整的一件。

在鄭先生所保留的原刊載書報中，〈郭子儀與黃天霸〉一文是刊登於民國三十四年十一月二十二日（星期四）《北平新報》的第二版〈北新副刊〉上，紙張雖已呈黃微損，但大體完好可觀。這一張報紙距離今日已整整四十六年，本身便是歷史的一頁；而鄭先生當時四十歲，據他的〈八十自述〉（詳見八十年七月三十一日《聯合報．聯合副刊》）所記，合當是任大學先修班中文系副教授時期所作，署用筆名「聞韶」。這一張舊報紙，在其後的四十餘年中，曾隨老師北上瀋陽，南下上海，復渡海來臺，又在臺北市內三度遷移，終於爲我所見。鄭先生珍惜文章的故事盡在不言中，而我則又於紙張字跡之外看到杜詩所稱：「蓬生非無根，飄蕩隨高風。天寒落萬里，不復歸本叢。」不禁爲一個動亂時代的文人悲慨惋傷！

〈四十之年〉一文的謄書稿後，共有補記二則。

其一：

寫這篇文章時我只有三十九歲，不知不覺，竟又混過二十三個年頭，雜文中所說「易卦之數」只有兩年了。現在我可不覺得這個數目「甚爲滿足」；當初說話眞不小心。民國五十六年校稿時記。

其二：

不知不覺又混過了二十二年，今已八十四，四十不止加倍，而且拐彎了。寫這篇文章之後，並沒有怎樣發憤圖強；眼前一些勉強可以算做「成績」的工作，都是七十歲以後才完成的。竟應了張岳軍所説的「人生七十開始」。而岳公今年已一百零一歲，神明未衰。他能，我爲什麼不能？老頭兒！勉之！民國七十八年編錄文集時識。

可知〈四十之年〉成文於三十九歲，六十二歲校稿時補記一文；八十四歲時爲整理文集再補一文；語氣愈趨幽默，胸襟更形樂觀豁達。誰料豁達樂觀如此的因百師，竟未能追蹤岳老，編錄文集兩年之後與世長辭。更遺憾的是，竟也未及親睹他自己辛勤細心校訂編次的文集出版！

在我整理因百師的遺稿時，種種的感慨與遺憾，時時襲激心頭，令我無法免於悲慟。不過，誦讀老師的文章，追憶曩時，有時也有一些溫馨的感動重現。

三年前，我將赴美國西雅圖，在華盛頓大學客座一學期。行前，鄭先生特令我攜帶一本當時出版未久的舊體詩集《清晝堂詩集》，親自題簽致贈於也在華大任教的詩人楊牧。當時我心中頗有些困惑。因爲楊牧是寫新詩的詩人，又非鄭先生的門生，似亦未聞有什麼特殊關係，不知何以在西雅圖的眾多中國少長學人之中，鄭先生要特別贈送自己的詩集給他呢？

這個謎底在此次整理文稿之際，頓獲釋疑。七十三年九月間，鄭先生曾以「大學中隱」之筆名寫〈吾道漸消沉〉一文，發表於《聯合報》副刊，悼念詩人周棄子、兼嘆舊體詩「大勢已去，無可挽回」，又言及文學「本無所謂新舊」，深寄望於「後起俊彥」。當時楊牧歸國講學，以本名王靖獻撰寫〈交流道〉專欄。越二月，爲文〈吾道不消沉〉以回應因百師前文，並讚賞「大學中隱」先生「坦蕩寬厚的心才是永遠的詩心」。鄭先生讀後雖不言語，卻心許楊牧爲知音的吧。他在編目時，特剪下楊牧之文附於〈吾道漸消沉〉之後，並殷勤爲之改正錯字。不僅此也，在清理故物時，我們又另外發現一小袋舊稿。約莫在民國三十六年前後，鄭先生曾以「燕筠」之筆名寫過幾首新詩。從傳統私塾教育背景走過來的他，寫慣舊體詩，看來想嘗試寫作新詩是十分艱苦的。從題目到詩句，都可見一再修改的痕跡。有一篇稿紙上，甚至還看得出他是先作好舊體詩，再改寫成新詩。鄭先生必然是有一段時期很努力於新詩的創作，從實際的寫作經驗中體察出好的新詩之不易爲。他晚年雖仍以舊體詩之寫作爲主，並且出版了收集一千一百餘首的皇皇鉅著《清畫堂詩集》；實則一直都以「坦蕩寬厚的心」注視新詩壇，所以對創作新詩卓然有成的楊牧另眼看待，特贈以詩集，便也完全可以理解了。

除了幾首新詩之外，那一小袋的舊稿中，又另有一些白話散文創作。有些似具有自傳意味，更有一篇是以第一人稱寫作的小說體，題爲〈愛〉。這幾篇詩文，恐怕都未曾發表過，亦未見於鄭先生自己編次的目錄內。對此，我有兩種看法：其一是他根本忘記這一部分舊稿，再則是他自己不甚滿意這些作品，故不擬編入集中。認識鄭先生的人，或者會反對第一個假設，因爲他的記憶力向來是驚人的。不過，這一小袋的出現，與他自己所編次的論文稿及散文稿，在全不相干的兩處，則或者三十多年前寫過而未發表，終於塵封淡忘，或者也有些許可能性吧。至若第二個假設，從比較客觀的立場言之，這幾篇白話詩文的創作，乍見之下對於我們這些老學生實有一種十分新鮮奇特的感受，我們看到畢生致力於古典文學的鑽研與授業的老師不爲我們所認識的另一面貌：他創作新詩的努力，寫作小說的嘗試，以及似乎寓含著自我意念的散文記敘，都更眞實而完整地呈現了老師的人格。我和前後輩友朋們幾經商量，覺得或者可以採用附錄的方式將其保留在文集內。有一篇橫寫的散文，字跡十分潦草，難以辨認，而且無題，也無一定的結構，似乎是隨筆札記，故未予排印，只收錄了散文一篇：〈幽遊記〉。小說二篇：〈愛〉、〈失題〉。以及新詩三首：〈我來到三千里外〉、〈如果這就是最冷酷的冬天〉、〈我就是這樣〉。

這本集內所收的文章先後次序，是因百師親自編次的。有一些文章也尚存有原來發表的報張，可惜多數已剪下局部，貼在燕京大學的稿紙上，所以無法查出發表處所及時間。我一一查對，將他原來使用的筆名附在文後，以爲來日追究之線索。來臺以後的大部分文章可以查明出處及時間，不過其中也有若干篇因只存留原稿，而不見刊登的文章，所以一時無法注出。至於序跋部分，大概都是在因百師自己的集內或友朋學生的書上，故亦未予注明出處及時間。

因百師原來的編目上記著〈永嘉清晝目錄〉，但做爲書名，〈永嘉清晝雜文集〉似乎不甚合宜，而他在民國六十六年七月九日，於《國語日報》副刊〈書和人〉有題爲〈永嘉室序跋八篇〉之作，且於編定文稿之際，文後每常有〈記於永嘉室〉或〈記於永嘉室燈下〉一類的附識，故斗膽將書名稍改爲《永嘉室雜文》。永嘉，是溫州的古稱。鄭先生在臺大任教最久，臺大的教員宿舍即在溫州街，他來臺之後的許多篇文章都是寫於溫州街的屋室內；何況，《永嘉室雜文》，與三年前出版的《清晝堂詩集》正可以相配合，故以名此文集，或者不致太違背老師的意旨吧？

——原載一九九二・一・十《聯合報》副刊

寂寞的背影

——重讀《傅雷家書》抒感

朱自清的〈背影〉，大概沒有一個中學生未讀過，那個蹣跚越鐵道的背影，遂成爲父愛的代詞，深深烙印在許多人的腦海中。隨著年齡增長，隨著更多的閱讀經驗，那一篇短文中的遣詞用句等細節，我們或許已說不精確，但年少時閱讀〈背影〉的感動，恐怕是一輩子也忘懷不了。《傅雷家書》中的百餘封信函，是傅雷爲自己投下的「背影」。我們讀他寫給兒子傅聰的許多篇深情流露的文字，卻看到夕陽殘照之下傅雷自己的長長的背影；那個背影顯現出誠摯浪漫、認眞嚴謹，但又不免於落落寂寞。

在中國傳統的家庭裡，噓寒問暖呵護子女的角色，通常是母親，父親往往是比較疏遠而不苟言笑的偶像。即使朱自清的父親，表達感情的方式也還是相當含蓄的，但我們一翻開《傅雷家書》，不免會被一種直接而不加掩飾避諱的深愛所震懾。傅雷聲聲呼喚

「親愛的孩子」，而當時的傅聰已是二十一歲的青年了。這種親暱的稱呼一直貫穿全書，持續到傅聰三十餘歲娶妻生子之後。此或與傅雷早年留學法國，接受西方教育有關；抑或是書信的語言比日常語言更親密所致；也有可能是爲彌補早年較爲嚴格的教育方式之故？

在一九五四年一月十七日，傅聰離開上海去北京準備赴波蘭的次日，傅雷寫了一封短箋（即《家書》的第一封信），內容充滿爲父者自責的語氣：「孩子，我永遠補償不了這種罪過！」其翌日又寫：「自問一生對朋友對社會沒有做什麼對不起的事，就是在家裡，對你和你媽媽做了不少有虧良心的事。——這些都是近一年中常常想到的，不過這幾天特別在腦海中盤旋不去，像惡夢一般。可憐過了四十五歲，父性才眞正覺醒！」（頁一）做爲讀者，我們很難想像傅雷對他的兒子和妻子究竟做了什麼「有虧良心的事」，以致如此深自懊悔。《家書》的譯注者金聖華博士在這段文字下附有注文：「父親教子極嚴，有時近乎不近人情，母親也因此往往精神上受折磨。」聖華爲編此書，耗費許多精力，也因此與傅聰及傅敏兄弟建立深厚的友誼，想來她的注文必定是經過求證的。不過，我們仍難了解怎樣的「近乎不近人情」，令這位父親如此惶惶不安呢？據傅雷的夫人朱梅馥女士的記述：「回想我跟你爸爸結婚以來，二十餘年感情始終如一，我十四歲上，你爸爸就愛上了我（他跟你一樣早熟），十五歲就訂婚……婚後因爲他脾氣急躁，大大小小的折磨終是難免的，不過我們感情還是那麼融洽，那麼牢固，到現在年齡大了，火氣也退了，爸爸對我更體貼了，更愛護我了。……我們現在眞是終身伴侶，缺一不可的。」（頁一三二）傅雷也許「脾氣急躁」了些，也可能對傅聰愛之深責之切，難免於較嚴格的管教吧。

去年秋天，爲紀念傅雷逝世二十五周年暨香港翻譯學會創立二十周年，在香港有三項活動：其一爲商務印書館舉辦「傅雷逝世二十五周年紀念展」，展出傅雷譯著及其手稿墨跡；其二爲「傅雷紀念音樂會」，傅聰專程自倫敦赴港演奏；其三爲由港大與夏威夷大學合辦之「翻譯研討會」。我應邀參加研討會，並聆賞傅聰的鋼琴演奏。在最後一天的惜別晚宴中，於衆人廣坐中有機會與傅氏兄弟晤談。曾經詢問他們：「令尊對你們的教育是否十分嚴格？從《家書》看來，他似是一絲不苟的人，會不會造成一種心理上的壓力呢？」那晚，傅聰已經演奏畢，換穿一襲深色的中式上衣，吸著菸斗，顯然輕鬆了許多。他把菸斗握在右手掌中，神情愉悅而不假思索瀟灑地說：「不會吧。」隨即又自己修正：「但有時候也滿嚴的。」站在一旁的傅敏比他的哥哥瘦小的身材，舉止也稍微拘謹，彷彿要提醒傅聰似的補充：「你記得嗎？我們小時候……。」於是兄弟二人交換了一些關於他們家庭的記憶，但周遭人影晃動，聲浪喧譁，我聽不清楚談話的內容，只見二人形神之間洋溢著屬於他們自己的共同回憶。那些共同的回憶是什麼樣子的呢？但那似乎並不重要，顯然昔日種種，如今都已變成甜蜜的往事了；而他們所分享的甜蜜，外人自無探究的必要。

然而，讀《傅雷家書》，我們卻又難免於其字裡行間受到感動。「讀俄文別太快，太快了記不牢，將來又要從頭來過，犯不上。一開頭必須從容不迫，位與格必須要記憶，像應付考試般臨時強記是沒用的。現在讀俄文只好求一個概念，勿野心太大。主要仍須加工夫在樂理方面。外文總是到國外去念進步更快。目前貪多務得，實際也不會如何得益，切記切記！」（頁五）「長此做去，不但你的演奏風格可以趨於穩定、成熟（當然所謂穩定不是刻板化、公式化）；而且你一般的智力也可以大大提高，受到鍛鍊。孩子！記住這些！深深地記住！還要實地做去！」（頁一八）從外文的學習、音樂樂理的吸收，乃至演奏風格的訓練，傅雷對於傅聰的叮嚀教誨，一再反覆出現在全書裡，其諄諄善誘之苦心，與其說出於父親對兒子的關懷，毋寧更接近一位師長對於優秀學生的期許。傅雷自己早年留學法國，刻苦學習法文，他主修藝術史，卻因結識羅曼羅蘭而受其影響，熱愛音樂。返國後一面教授美術史，一面從事藝術史及文學作品的翻譯工作，終因其優美的文筆與嚴謹的翻譯態度而成爲我國譯壇上的一顆熠熠巨星。他對於音樂的熱愛雖然始終未熄，本身卻僅止於欣賞與理論方面，所以有子若傅聰，在潛意識中或者竟致燃燒起他的一種夢想，欲藉傅聰的留學生活而假想地遂其音樂演奏的另一段藝術生命。

《傅雷家書》收一九五四年至一九六〇年間的信函，正是傅聰出國留學求深造的一段時間。我們有時不免看到傅雷於對兒子的鼓勵、安慰、教誨之際，竟重疊映現著二十餘年前他自己留學經驗的影子：「你的生活我想像得出，好比一九二九年我在瑞士。但你更幸運，有良師益友爲伴，有你的音樂做你崇拜的對象。我二十一歲在瑞士正患著青春期的、浪漫底克的憂鬱病；悲觀、厭世、徬徨、煩悶、無聊；我在《貝多芬傳》譯序中說的就是指那個時期。」（頁一七）彷彿藉著兒子的留學，傅雷自己又回到了青春時期，重新流浪在異鄉，充滿了希望而又徬徨，體味著熱烈亦復落寞的矛盾心情，只不過這一次所學習的不是法文而是俄文，不是美術理論而是音樂演奏，所以傅聰的家書（雖然我們看不到）所傳達的憂喜苦樂立即引起傅雷的共鳴而化做他深刻的感受：「親愛的孩子：昨天接一月十日來信，和另一包節目單，高興得很。第一，你心情轉好了，第二，一個月由你來兩封信，已經是十個多月沒有的事了。只擔心一件，一天十二小時的工作對心理壓力太重。我明白你說的『十二小時絕對必要』的話，但這句話背後復有一個很重要的原因：倘使你在十一、十二兩月中不是常常煩悶，每天保持——不多說——六、七小時的經常練琴，我斷定你現在就沒有一天練十二小時的『必要』。你說是不是？從這個經驗中應得出一個教訓：以後即使心情有波動，工作可不能鬆弛。」（頁九〇）從這一段文字裡，我們可以感到傅雷是以他自己的性格心情假想參與兒子的留學生活。傅雷對於學問眞理的追求十分狂熱，幾臻完美主義者，此可自他自己的話裡面看到：「我一生任何時期，鬧戀愛最熱烈的時候，也沒有忘卻對學問的忠誠。學問第一、藝術第一、眞理第一，——愛情第二，這是我至此爲止沒有變過的原則。」（頁八）所以他時時認眞反省，自我要求甚嚴：「這幾日開始看服爾得的作品，他的故事性不強，全靠文章的若有若無的諷喻。我看了眞是慄慄危懼，覺得沒能力表達出來。那種風格最好要必姨（即楊必，英國薩克雷名著《名利場》的譯者）、錢伯母（即錢鍾書夫人楊絳女士，楊必之姊）那一套。我的文字太板、太『實』，不夠俏皮、不夠輕靈。」（頁五）然而，傅聰畢竟是傅聰，不是傅雷。曹丕在〈典論論文〉中言及文氣清濁問題云：「雖在父兄，不能以移子弟。」而況性格脾氣，雖親如父子，恐怕天下也沒有兩個完全一致的人物。傅雷對他的兒子督促頗嚴，求好心切，也許忘了這一點。

事實上，傅雷爲傅聰所付出的愛與教育是十分感人的。他不僅反覆不憚其煩地與之討論音樂：「我再要和你說一遍：平日來信多談談音樂問題。」（頁五二），而且，於忙碌的日常工作中特爲之選譯有關莫札特的文章，又將其所譯《藝術哲學》之中的第四編《希臘的雕塑》，花費月餘時間以毛筆抄錄並加箋注郵寄倫敦，以提高傅聰的藝術修養。不過，傅雷本身對於音樂的認識，究竟不是正統科班出身：「瑪祖卡，我聽了四遍以後才開始捉摸到一些，但還不每支都能體會。我至此爲止是能欣賞 Op. 59, No. 1; Op. 68,

No. 4; Op. 41, No. 2; Op. 33, No. 1; Op. 68, No. 4 的開頭像是幾句極淒怨的哀嘆。Op. 4, No. 2 中間一段，幾次感情欲上不上，幾次悲痛冒上來又壓下去，到最後才大慟之下，痛哭出聲。第一支最長的 Op. 56, No. 3 因爲前後變化多，還來不及抓握。」（頁八七）看來，他對音樂的接近，是假借文學與美術之途而達致的：「上星期我替敏講〈長恨歌〉與〈琵琶行〉，覺得大有妙處。白居易對音樂與情緒的關係悟得很深。凡是轉到傷感的地方，必定改用仄聲韻。〈琵琶行〉中『大弦嘈嘈』『小弦切切』一段，好比 Staccato，像琵琶的聲音急切；而『此時無聲勝有聲』的幾句，等於一個長的 Pause。『銀瓶……水漿迸』兩句，又是突然的 Attack，聲勢雄壯。……」（頁一五）「歐洲自從十九世紀，浪漫主義在文學藝術各方面到了高潮以後，先來一個寫實主義與自然主義的反動（光指文學與造型藝術言），接著在二十世紀前後更來了一個普遍的反浪漫底克思潮。這個思潮有兩個表現：一是非常重感官（sensual）、在音樂上的代表是 R. Strauss，在繪畫上是瑪蒂斯；一是非常的 intellectual，近代的許多作曲家都如此。繪畫上的 Picasso 亦可歸入此類。……蕭邦是個半古典浪漫底克的人，所以現代青年都彈不好。反之，我們中國人既沒有上一世紀像歐洲那樣的浪漫底克狂潮，民族性又是頗有 Olympic（希臘藝術的最高理想）精神，同時又不太過分的浪漫底克精神，如漢魏的詩人，如李白，如杜甫（李後主算是最 romantic 的一個，但比起西洋人，還是極含蓄而講究 taste 的），所以我們先天地具備表達蕭邦相當優越的條件。」（頁七三）姑不論這種以中國文學、文人與西洋音樂比較的方式妥當與否，傅雷想把他所具備的知識灌輸於在遠方異邦深造的兒子的熱誠，是可以令人感知且感動的。

傅雷透過對文學、美術的熟悉與對音樂的愛好，而省思融會後，有他自己的藝術觀，在《家書》裡，他也反覆與傅聰論及這些問題：「一切偉大的藝術家（不論是作曲家、是文學家、是畫家……）必然兼有獨特的個性與普遍的人間性。……大多數從事藝術的人，缺少眞誠。一切都在嘴裡隨便說說，當作唬人的幌子，裝自己的門面，實際是拾人牙慧，並非眞有所感。所以他們對作家絕不能深入體會，先是對自己就沒有深入分析過。這個意思，克利斯朵夫（在第二冊內）也好像說過的。」（頁九八）不僅直抒己見，他又旁徵博引，甚且舉證自己翻譯過的書籍中一些人物的論調。由於他堅信藝術的極致是情感、思想與人格的合一，所以致傅聰的百餘封信中便也縱橫無所不談，而在信件往返，獲得傅聰的回響後（雖然我們還是看不到）爲父者的心情竟是如遇知音一般地欣喜：「我早料到你讀了《論希臘雕塑》以後的興奮。那樣的時代是一去不復返的了，正如一個人從童年到少年那個天眞可愛的階段一樣。」（頁二一一）即使做爲一個第三者的我們，讀到這樣的文字，也依稀可以感受交流於這一對父子之間藉藝術的共鳴而昇華的骨肉之愛！不過，回顧傅雷所處的背景，則又令人不禁遺憾感慨。是的，那樣的時代是一去不復返的了！傅雷所處的是什麼樣的時代呢？而像傅雷那樣深愛藝術的人，最後竟遭到慘痛的迫害，與夫人雙雙憤而棄世！一九八八年增補本《傅雷家書》有樓適夷先生的代序〈讀家書、想傅雷〉，首段寫著：

> 《傅雷家書》的出版，是一樁值得欣慰的好事。它告訴我們：一顆純潔、正直、眞誠、高尚的靈魂，儘管有時會遭受到意想不到的磨難、汙辱、迫害，陷入到似乎不齒於人群的絕境，而最後眞實的光不能永遠掩滅，還是要爲大家所認識，使它的光焰照徹人間，得到它應該得到的尊敬和愛。

我記得在香港商務印書館看到的傅雷紀念展。他的遺物與墨跡，一一呈現著其人質樸認眞的典範。那些家書是以蠅頭小楷工整地書寫在平凡的紙張上，每一封信的右上方並且有編號附誌，以防郵遞傳送遺失之際的查證之用。甚至與夫人雙雙自盡前所修遺囑，都以毛筆清楚地逐條交代身後種種，一絲不苟，令人目睹之，鼻酸悲慨不已！

我又記得傅聰演奏當晚的情景。那夜，香港文化中心音樂廳內燈光明亮，紳士淑女衣香鬢影，全體屏息聆賞傅聰的鋼琴獨奏：莫札特、舒伯特、德布西及蕭邦的作曲。演奏會係爲籌募「傅雷翻譯基金會」，並出版《傅雷紀念文集》而設，演奏內容曲目有許多是《家書》中所觸及的，也有一些是傅雷精緻的名譯《約翰克利斯朵夫》中言及的。傅聰選擇這些曲目以紀念他的父親，必然有深意在焉。隨著演奏的進行，傅聰似乎逐漸融進音樂的世界裡，他的上半身仍不免於自然而然地搖晃。我無法不聯想到《家書》中殷殷期盼的那些叮嚀的字句；而在音樂的感動裡，也彷佛看到那背影，那曾經是寂寞的背影，如今應該是可以得著安慰的吧。

——原載一九九二・三・二十九《中國時報》副刊

愛臺灣的方法

——致允芃兼賀《天下雜誌》十年有成

允芃：

前日中午，我收到一本你親自書寫信封的快遞郵件——十一月號的《天下雜誌》。此期主題爲：「發現臺灣（一六二〇—一九四五）」。事先未獲悉，又未曾爲雜誌寫任何文字，我前前後後地翻閱，只找到一個可能性：在一篇有關連雅堂先生修史的文內，你們引述了我在〈青山青史〉裡的幾句話。就是爲此你用快遞寄來這本雜誌嗎？

我原本想打電話問你爲何送書給我？但覺得這樣似乎唐突怪異；繼而又想寄一短箋或謝卡表意；旋又放下手中的工作而將雜誌拿來讀，心中漸有一些話語湧現，不是短箋或卡片所容納得下的；最後竟始料未及地執筆給你寫這封公開的信了。如果有天早晨打開報紙看到這篇文章，請你不要見怪，否則我會更羞澀不知所措了。

我們相識十多年，但不常見面，兩三年都未遇見，也往往有之。交談過的話，大概尚未超過一百句吧。儘管如此，你是我認識的朋友中，令我衷心敬佩的人之一。我這樣說，是因爲雖不常見面晤談，從一些報導中知悉你所做的事，也讀過不少你寫的文字，尤其是長期接觸《天下雜誌》，使我自覺得認識你。

十年前，在林海音女士的家聚敘。你向在座朋輩透露即將放棄穩定優厚的工作，而欲投身於一份以經濟爲重心的專業性刊物。彷彿記得你曾分析當時的臺灣已具備出版這種刊物的有利條件。你有志同道合的一些朋友，也有篳路藍縷的熱烈的心，但對於能否穩操勝算，則似未太具信心。你表示正在徵求基本訂戶，於是，當天在場的人都義不容辭地支持你，成爲將創刊的雜誌訂戶了。

爾後的日子裡，我們果然看到《天下雜誌》以一種清新的面貌誕生，而且不斷地茁壯進步，成爲帶動臺灣專業性刊物的先鋒。我注意到你們是以經濟爲經，政治、社會、文學、藝術等其他內涵爲緯，善用智慧，謹愼製作，表現了公正包容、客觀務實，又富有朝氣的風格。

你們有時製作專輯，深入探討一些問題或現象；有時則又萬里跋涉，去蒐尋資料，採訪新聞，爲的是要告訴生活在這個島嶼上的人民，如何反省、如何借鑑。這些都是源自對於臺灣的關愛，我明白。我也幾度參與發言，成爲你們製作小組的訪問對象，所以深知你們周全的準備與謹慎的工作態度。你們曾分頭訪問近百人而寫成一篇文章。在接受一小時的訪談後，我讀到自己講過的兩句話。你們引述求證而不杜撰。這個事實充分說明了撰稿者落筆之際的深慮與敬業。

而有時接受許多犀利的訪問，則又使我不禁反省警惕。譬如在「走過從前」的專輯訪問時，那位年輕的記者一連串地問我：「中美斷交時，你在做什麼？」「中華民國退出聯合國時，你在做什麼？」「中共進入聯合國時，你在做什麼？」我的答覆竟然是：「我在教書。」「我在教書。」「我在教書。」那天夜晚，我幾乎失眠，爲了反覆思索自己單調的答語。但身爲一個教師，守住自己的崗位。盡責地教書，不也是正確的選擇嗎？沒有走上街頭搖旗吶喊丟雞蛋，而繼續在教室裡傳道授業解惑，其實也自有一份悲壯的任重道遠的意識。

這又使我記起許多年之前，一位政壇上的父執長輩邀約我從政的往事來。他用十分誠懇慎重的語氣鼓勵我、勸勉我，說那是愛國的方法。我也用非常慎重誠懇的語氣婉謝他，說愛國的方法有很多途徑，我一定會繼續認眞教書。

許多年過去了，我的想法仍未改變。這個社會有如一個龐大的錯綜複雜的機器，要有馬達、幫浦、鏈條、螺絲釘等等大大小小的機件，缺一不可，而且每一部門都得保持正常運作，片刻鬆動脫落不得。

我佩服敬業的人，尤其是默默敬業不懈怠的人。十年來，你和你年輕的同事們必然是努力不懈地朝著你們的理想進行，所以才有今日有目共睹的成績。而這一份原本是經濟性的刊物，這一期怎麼會以「發現臺灣」這樣的歷史觀點爲主題呢？誠如你在前言之中所說：「打開歷史、走出未來」，選擇在今日這般「大家變得急切、焦躁、難安」的時刻，你們花費將近一年的時間準備，推出這樣一個不僅從臺灣本土來回顧省思，而且更從臺灣以外的角度去觀察的大視野。這其中不言可喻，是寓含了多麼深厚的對臺灣的關愛啊！

日日耳聞目睹的一些新聞，有時候眞不免令人感到失望與挫傷；但其實就在我們的周遭，也同時有不少默默而且積極工作的人。愛臺灣的方法，是有很多種類途徑的。

允芃，其實，我寫這一封公開的信給你，除了向你和你的同伴們致敬，兼賀《天下雜誌》十年大有成就；同時也是想藉以向那些我所不認識的許多關愛臺灣、默默貢獻他們的智慧體力的人表示敬意的。

——一九九一年初冬之深夜

——原載一九九一・十二・二《中國時報》副刊

不見瑠公圳

也許你們知道，也許你們並不知道，在這裡，在這條平坦筆直的柏油路上，在這條晴時灰土揚起雨時水滴向寬闊的兩側流瀉的柏油路上，曾經有過一條長長的溝渠，也是這樣子平坦筆直地從不知什麼地方源起通向什麼遠方。

你們在寬闊的新生南路東邊或西邊的紅磚人行道上鵠候著公共汽車，盼望著盼望著一輛巨大的交通工具，把你們載向上班上學的方向，或回家休憩的方向。你們引頸回望，只是焦躁地期待著一輛巨大的交通工具，常常是忽略了中間這一條廣闊平坦的柏油路；除非在雨天遇著一個粗心駕駛的人，濺起一攤水灑在你們的褲管或裙襬上，或者會憤怒地追看那輛似乎得意威風的車尾漸駛漸遠，消失在車群擁擠的新生南路上。

或者你們正駕駛著各種車輛，抑或者正騎著摩托車飛馳在這條寬闊的新生南路，寬闊卻永遠擁擠的柏油馬路。你們爭先恐後，甚至駛出了柏油路上的行車標記。忽然交通號誌轉變爲紅色，於是，你們焦躁地手指拍打著方向盤，眼色茫然地看著匆匆橫過斑馬線上的行人群。眼色茫然是因爲知道那些行人中不會有一個你們關心的熟人，總是一些不相干的男女老少在過馬路。也可能你們正在交通巔峰的時刻無可奈何地排列在某一路段的車內，羡慕著對面反方向的路怎麼永遠比這一邊空敞？是的，新生南路彷彿常常是有一邊比較交通順暢，而你們是運氣不佳，駛在車隊長曳的另一邊。

或者你們正嬉笑談說著走出大學的側門。男生蓄著長髮，也許索性用一根橡皮筋紮一束細細的馬尾髮梢，垂晃在桃紅色的襯衫領上：女生窈窕的身上套著寬鬆的毛衣，裹在牛仔褲的雙腿踏著輕快的步伐，就這樣子三五成群抱著書冊走在凹凸的紅磚道上。你們也許在談說之間把目光投向對面。新生南路平坦的路面上有車輛往來，在往來車輛的空隙裡，你們可能不經意地發現同學正在對面的紅磚道上，剛剛從一家書店，或一間速食店走出來，於是一陣年輕的呼叫聲穿過路面飛馳的車陣，傳到了對面的年輕人耳中。校園裡的活動，從側牆的鐵柵間可以一覽無遺，有人在打球，有人在慢跑，說不定還有些上了年紀的人在一隅打太極拳……。這些都可看可不看。你們也許是一對情侶，互相依偎著，不看校園，也不看道路，一徑閒閒地踱著。再往前走就看到橫過中空的高架橋。也是車輛飛馳，但上下左右的車聲喧譁大概不會影響你們綿綿的情話。你們所走的正是長長的平平的新生南路。

那條在瑠公圳的馬路

也許我們知道，也許我們並不知道，在這條中間有溝渠把新生南路畫分出東西兩條平行的瀝青馬路，在這條溝渠裡有流水涓涓，溝渠兩側的草坡，春天杜鵑花嫣婵，夏季綠柳垂蔭的優雅的道路上，許多許多年以前，曾經是一片荒蕪，草木雜生，而在乾涸的季節，於是衆木衆草都枯黃了。在尚未有這條長長長長的溝渠以前，這裡曾經還有山岳還有叢林，也許還有一些虺螻毒蛇與黃蝶蜻蜓。

可是，我們在春季裡騎著腳踏車去辦理註冊的時候，總是一路顛簸著，先覷覽嫩綠的柳芽枝條垂拂在瑠公圳的隄上，嫣紅的、紛色的、淨白的杜鵑花，叢叢盛開在和風中翼翼披靡的春草間。我們有時候甚至忘記那一條長長的瀝青馬路稱做新生南路。「喏，那條有瑠公圳的馬路。」只要這樣一說，大家都知道所指爲何了。走過有瑠公圳的新生南路，我們就可以跨進校門內去辦理註冊選課。把腳踏車停好在竹棚下的停車處，向那位不知在學校裡已經服務了多久的老工友打一聲招呼，領取一塊小木牌寄車證，趕緊便去接排在已然呈長龍的隊伍後。臨時教室的前後門都敞開，一條長龍是進去註冊的隊伍，另一個門是辦完手續出來的，三五成群，也有特立獨行的。來者往者都踩在沙沙作響的碎石路上。路邊的草地上也開著白淨的、紛色的、嫣紅的杜鵑花。處處都是盛開的杜鵑花，彷彿瑠公圳兩側的杜鵑花從新生南路那一頭一路開過來，到了校園內便傾盆撒了一大片；又像是校園裡的杜鵑花海出了大門便一徑散瀉，順著瑠公圳的兩旁綿延流向不容追究的遠方。

我們那樣子端莊典雅地抱著幾冊書本筆記，晨昏往來於有瑠公圳的新生南路上。腳踏車會賽過身旁前去，那個男孩子可能裝做若無其事地回頭偷覷女孩子，杜鵑花瓣似的嫣紅便飛上她的雙頰了。若有相識的朋友在對面，得要退後或者再走一程，到了有石橋的地方才能夠彼此會見。石橋下水淺淺，偶爾漂浮著落葉，水似乎總不及橋柱一半深。颱風過後，水變濁了，也漲高了，可是我們不必擔心，因爲長長的瑠公圳總是有辦法把雨水載向什麼方向去，那樣任重道遠地。瑠公圳的水從來也沒有溢出過橋面隄防；否則可就糟糕了，沒有圍牆的校園恐怕會變成汪洋一片，更糟糕的是校園對面溫州街地區的日式木屋恐怕會淹水，那麼教授們家中的書籍豈不都浸損潰毀了嗎？

當然，有時也會有三輪車從我們的身旁踩過。除非烈日當頭時，或坐著一對肥碩的乘客（而肥碩的人彷彿並不多），三輪車夫把背心的下半截捲到胸口，露出古銅色的結實的腹部與背部，額際滴著汗，便用搭掛在脖子上變黃的毛巾拭一拭，吃力地踩著踏板；但時常都是閒閒地踩過行人身旁。瑠公圳的兩側沒有多少紅綠燈。可是，行人、腳踏車和三輪車之間，大概有一種心中的紅綠燈的吧？那種紅綠燈也許就叫做「默契」，而彼此的「默契」相當有默契，所以甚少發生什麼車禍。

我們其實並不是常常注意到瑠公圳的存在，春天花開了，夏天柳綠了，雖然會引起一陣行人賞愛的眼光；但如果有急事趕路時，眼睛恐怕是直望著前方，所謂前方就是新生南路，那一條原先是堅實的泥路，後來終於也鋪上柏油的瀝青馬路。

瑠公圳理所當然地存在著，所以我們通常沒有特別去注意，白天如此，夜晚也如此。黃昏之後，瑠公圳與校園靠近的那一側，夜市小攤子的主人便忙碌起來了。時時敞開雨天搭篷，泥地上擺幾個方几矮凳子，便可做起南北小吃食的買賣來。夏夜，客人悠閒地趿拉著木屐或拖鞋踱過石橋，從瑠公圳的那一方到這一方來，三三兩兩尋著空位子坐下。「頭家，來一碗切仔麵。」「老闆，下二十個牛肉餃子」或者叫一碟蚵仔煎，切幾兩粉肝什麼的。冬夜，則將衣領豎起，縮著脖子，把凍僵的雙手插入口袋裡，踹踏著冰冷的馬路鑽進布篷下，炒菜煮食的火光，驅走了新生南路上的冷空氣，讓沉默的瑠公圳兀自承受亞熱帶冷鋒襲來的寒風冷雨。先來兩瓶紅露酒喝了再說，再配就幾碟花生米、豆腐干或海帶絲。慢慢的，手掌腳底暖和起來，鼻尖上也冒出幾許油光，於是，注意到布篷下的小世界：各色人等，那邊廂猜拳吆喝的一群，三字經與檳榔汁齊飛，這邊廂睚眥爭議的一堆，存在主義共達達派論並發。而這一切的熱鬧，瑠公圳也許聽到，也許看不到，那溝水應該是凍冷的，但不致結冰，在黑暗的夜空下兀自靜靜地向一個方向流去。

後來我們親眼看到布篷和吃食攤子被拆散、吃食攤販住宿的克難房屋也遷走，附近的水澤地區被填平後，築起一道整齊的圍牆，大學的版圖便有了清楚的眉目。透過上半截的鐵柵，校裡校外雖然可以一目了然聲氣相通，但畢竟與往昔大不相同了。

我們又親眼看到瑠公圳的消失——嚴格說來，瑠公圳並未消失，只是加蓋、化入地下而已。先是，柳樹、杜鵑花和其他草木被砍伐；接著，埋設巨管，加上板蓋、堆土使平；最後，施工鋪以柏油瀝青。工人們在砍伐第一株杜鵑花的時候，容或有些許不忍之情吧？但百株千株以後，大概疲倦了麻木了，期待完工的焦慮可能取代了不忍之情。甚至連我們爲之灑淚爲之詠誦弔文的年輕人也終於疲倦了無奈了。拓寬馬路的工程前後長達七年。

有時候，我們和你們一樣匆匆奔走往來於平坦便利的新生南路上，幾乎忘記這裡曾經有過一條長長的優美的溝渠；只有偶爾黃昏或夜晚時分閒步在兩側的紅磚人行道上，看著來往飛馳不已的車群，才會忽然憶及逝去的景物以及不再的年華；也難免惋惜無數車輛輾過的道路下不知埋葬了幾多花魂啊！

瑠公圳的由來

也許他知道，也許他並不知道，這條溝渠竟會以其名命之。當初捨己為人，不畏艱難鑿開圳路通水，其實只是憑一股熱血與傻勁而已！

郭錫瑠先生，福建漳州人。幼年隨父來臺定居於彰化，乾隆初年來此開墾。當時的臺北雖有少數漢人墾殖，卻仍是一片荒涼，尤其缺乏水源，不利於農耕。他異想天開，要鑿渠建壩，導引新店溪與青潭溪的水，使順溝渠流入臺北地區，灌溉農田。他心目中的溝渠所經，不僅蜿蜒周折，而且丘岳森林橫梗其間。但是滿腔熱血沸騰，傻勁而堅毅，他終於採取了行動。

錫瑠先生將彰化家產全部變賣，得二萬兩銀，做為僱工人開圳的費用。其中最艱鉅的工程是新店溪右岸一百多公尺岩石部分，必須鑿穿一條隧道圳路通水；另一處為橫貫景美地區九十多公尺寬的景美溪，必須架設木製水槽通水。其後，因木槽被居民當做木橋行走而毀壞，遂又設計用水缸去底連成通管，埋置入溪底通水。自乾隆五年興工，到乾隆二十七年竣工通水，灌溉農田，夢想終於實現。

溝渠縱橫流布，廣袤數十里，受益的田地計達一千二百餘甲。自此，無虞乾旱，五穀豐登，昔日的荒地，也先後墾為良田。如果傳說中的愚公可能再世，那必然是錫瑠先生無疑！

詎料，乾隆三十年秋，豪雨連日，洪水氾濫，把景美溪底的暗渠沖毀，錫瑠先生雖曾力圖修復，惟已心力交瘁，受到如此巨大的打擊，竟憂慮成疾而一病不起，於那一年冬天亡故。其子郭元芳先生繼承父業，改用尖底木槽架於景美溪上，恢復通水。

後人爲感念郭錫瑠先生毀家建圳，造福鄉民，乃將他所鑿開的圳渠稱做「瑠公圳」。然而，瑠公大概料想不到，經過兩個世紀以後，當初由他引水灌溉的一大片良田竟因人口激增，原有的佃農逐漸棄田轉業，臺北也急速發展成爲商業都市。瑠公圳除了排水功能外，已無農田灌溉的需要，遂不免於加蓋埋入地下了。

紅磚道上的墨色石碑

如果你有思古之幽情雅興，請走到新生南路臺大側牆近正門處，在紅磚的人行道上，密集的公車站牌之後，有一枚墨色大理石的石碑默立在三層石階之上。正面鐫刻著「瑠公圳原址」五大字，其背後有二百數十字碑文說明沿革。這一枚石碑係由臺北市文獻委員會於民國七十二年四月豎立。碑文末段寫著：「今羅斯福路四段、新生南、北路部分路域，皆圳址也。」

如果你有一天走過羅斯福路四段、新生南、北路的部分路域，請你想像瑠公和瑠公圳，以及其後的一些變化，那麼「瑠公圳原址」或許就不只是一枚墨色石碑了。

（本文後段之撰成，有賴臺北市政府提供資料，謹此致謝）

——原載一九九二・六・十三《中國時報》副刊

沒有文學，人生多寂寞

前些日子，我忽夢三十年前的往事；醒後，無限感慨懷念。因爲當年朋輩已星散，當年的活動已隨時光流逝而湮滅，甚至當年聚敘的地方也已不復存在了。我禁不住援筆追敘那些人與事。文章發表後，失散多年的朋友，居然自天涯海角回應，使我意外地重溫珍貴的友情。其中有一位朋友是在罹患絕症的病床上讀到那篇文章，兩星期後過世了。我雖然未能與他取得聯繫，但參加了喪禮。據說，那文章給了重病寂寞的他很大的安慰。

這件事情也給予我很大的啓示：我們寫文章，初或以無爲無用之心情爲之，終將及於有爲有用。文學是藉文字以表達個人經驗感思的；然而透過文字，我們都留駐了許多感思經驗，以與無限的人交往溝通，共享世事人生的許許多多歡樂與傷悲。沒有文學，人生多寂寞！

林文月作品

下卷。

關於〈十六歲的日記〉

川端康成在他最早的作品〈十六歲的日記〉後面，一再附加〈後記〉，以追記他年少時寫文字的前因後果。從這兩篇附加的補文可知，這日記體的文章在他二十七歲發表時，有些地方並未與眞實的情況一致；甚至在他十六歲當年所寫的原始草稿中，也已經有少部分與事實不盡相同了。

川端康成在他五十歲時整理其全集，遂有這些一再修訂的文字追加。他寫這些文字的原因何在？是在追憶一段逝去的年少時光嗎？還是基於忠實保留實情實況呢？都已無由得知。而即使他五十歲時所補充的文字，也未必就能如同照相或拍攝紀錄片一般完全存眞吧。有意的或無意的改動，總是難免的；不過，我並不想在此討論創作與眞實間的差異問題。我所感覺興趣的，毋寧是在此文較諸一般所公認的他的處女作《伊豆的舞女》

更早十二年這個事實，以及文中未經雕琢所呈現的一個少年面對唯一的親人日日步向死亡的悲傷心理。

根據筑摩書房《現代日本文學大系・川端康成集》所收年譜，川端康成在他二十歲的秋天，曾赴伊豆旅行，而與一個旅遊的藝團同道。這次的經驗，使他在四年之後寫成〈湯之島的回憶〉——〈伊豆的舞女〉之雛形。至於〈伊豆的舞女〉，則發表在他二十八歲之年。

〈伊〉文其實並非川端康成的第一篇作品。早在此以前，他就已經在日本的各大雜誌如《文藝春秋》、《新潮》、《文藝俱樂部》、《文藝時代》等發表過小說、雜文、翻譯及評論等多種而備受矚目，早具文名了。〈伊豆的舞女〉只是給當時的川端康成錦上添花，更堅固他在日本文壇的名望罷了。

〈十六歲的日記〉共收十篇長短不均的日記。內容只是記十六歲的作者與瀕臨死亡的祖父的瑣碎生活片段，人物既少，場景又單調，故事亦無甚高潮，且是寫病死與貧困的灰暗面。但我為何翻譯此文呢？說來也的確有一段緣由，且讓我仿效川端康成，於此追加一些補文吧。

第一次讀〈十六歲的日記〉，是在十數年前，那時我單身住在京都銀閣寺路的一間日式小屋子內，正業是進修，準備寫一篇中日比較文學方面的論文，但我讀閒書比正業的書豐多且愉快。這本至今猶保存完好的《川端康成集》，便是暇時逛書店購回，躺在榻榻米上常讀的閒書之一。川端康成是大阪人，他家鄉的方言是關西腔，與以東京語爲基礎的日本標準語頗異。所幸，我在京都那一年，正業之外的求知慾十分高昂，曾努力學習京都話（與大阪話同屬關西腔），這對於我讀其《古都》等用方言寫的小說極有幫助；而這篇〈十六歲的日記〉係採記錄體，裡面的對白全都是關西腔，而今回想起來，當初我選擇遊學的地點若是在東京，恐怕至今都無法順利閱讀此類文章吧；也更無由從那娓娓的關西腔裡體會老人與少年間的親情了。

不過，那時我實在沒有想到要翻譯這樣一篇陰沉慘淡的文章，即使回臺灣後重讀此文，亦未興起過此念頭——說實在的，我一直躍躍欲試的是〈伊豆的舞女〉之翻譯——直到前些日子，我偶然翻看自己所畫的一張川端康成畫像，重新被他那敏銳而憂鬱的眼神所感動，才想到把畫像與〈十六歲的日記〉連結起來。

事實上，是先有畫，然後才有此譯文。

至於我去年爲什麼畫這張像呢？已不復記清楚，依稀只記得當時心緒不佳，何以心緒不佳，也已在記憶所不及處。（這個筆調倒有些踏襲川端康成〈後記〉之嫌，但確乎如此；正因爲譯其〈後記〉，覺得深獲我心，才加補此譯後之文。）我現在仔細端詳這張川端康成畫像，發現自己在右下角竟然還記了畫像的準確日期，甚至還有時間，這是我極少有的習慣。然則，當時必有相當重要的原因迫使自己這麼做，而我如今竟然把那個相當重要的原因也遺忘了，也眞是不可思議之事。

我書桌上的一隻筆筒內，通常插滿一大把粗細不同顏色各異的筆，大部分是原子筆，間也雜著幾枝鉛筆，及刀尺類。這張黑白對比不夠強烈的畫像，顯然是使用普通寫字用的鉛筆畫的。我明明另有2B的鉛筆，更適合做鉛筆畫之用，可是當時怎麼會抽取HB的鉛筆呢？眞是想不通。也許是初無認眞繪畫之意，信筆塗鴉，爾後越畫越起勁，已經不便於換筆的吧。然而，我卻還記得作畫時的熱烈心情，尤其是畫那一雙憂鬱的眼睛時的心情。

後來，我拿給朋友看，朋友說眼神捕捉得不錯。其實，那嘴角所含的一抹堅毅之氣，也是我希望表現出來的。

就是這憂鬱敏銳的眼神，與堅毅之氣的嘴角之間的不調合，令我想到要譯出〈十六歲的日記〉。

〈十六歲的日記〉並不好譯。誠如川端康成自己在〈後記之二〉的末尾所寫的，此文「無暇文飾」，唯其未經文飾，且是使用日常用語的關西腔記錄對白，故眞難以捉摸那言外之情意。作者二十七歲謄寫原文時，恐一般日本讀者未能領會方言，故而特別用括弧注明原義。其實，有很多地方只是讀音上的分別而已，這在外國語文的翻譯時便完全變成無意義，但爲了求盡量忠於原著，我刻意保留了所有原著加注的括弧，其中如「往（去）」顯然是十分勉強的處理，卻也除此無他途。

如前所識，坦白說來，是先有畫後有譯文，甚至原先譯文是想用以襯托畫像之用。但是，當譯筆漸入情況後，我自己竟被那樸質的文字後所隱藏的親情所感動，而欲罷不能地長時間靜坐桌前繼續譯下去。這眞是始料未及之事。或許，這也正是無所爲而爲地漫讀，與爲翻譯而細讀揣摩文意的不同處吧。譯者總得要比尋常讀者更仔細體會作者的心靈深處，小心謹愼地替他傳達心意。就因爲這種深一層的追尋，使我接觸到那十六歲少年的鬱悒與悲傷。我彷彿親見那蒼白瘦弱的日本少年，在他身旁的是一位比他更蒼白虛弱的祖父。出入於他們那灰暗的家的，只有一位心地善良而外貌平凡，甚至醜陋的村婦米代（文中並未及於米代的外貌形容，而我已禁不住自己想像力的擴展），頂多也只增加另一位臨時代勞的老婦阿常而已。我覺得甚至還聞到了他們家裡飄浮的一股難聞的貧病的氣味。

十六歲，合當屬無憂無慮、健朗活潑的年紀，但那少年卻終日與貧困、衰老、病痛爲伍，死亡的陰影且不時籠罩在他寤寐之間。他憐愛祖父，有時卻也焦慮而不耐煩，甚至於發牢騷、賭氣走開——唯一的快樂是離開陰暗的家，到鄉村的中學去；但外出則又掛慮著臥病的老人。

川端康成三歲時，行醫的父親去世。四歲又喪母。其後便依祖父母生活。八歲祖母死，遂與祖父相依爲命。他原有一姊，母親死後寄養於姨母家，但也在三年之後死亡。從他有記憶以來，身邊的親人相繼死去，使十六歲以前的川端康成無由享受正常快樂的家庭生活，而與風燭殘年的祖父相依的日子，又充滿貧困與疾病的威脅，這些都使他過早養成必須面對冷酷現實的心理負擔。

我想像：十六歲時的川端康成，或許眉宇之間已然經常凝聚憂鬱與悲傷，而薄薄的嘴角恐怕也早就浮現無可奈何的堅毅表情吧。

早年的不幸生活，也許塑造成川端康成特別敏銳的觀察力，與那份獨特的淒美意境，而他的小說每好以死亡爲主題，亦或與他十六歲以前的悲苦經驗不無關聯吧。

——一九八四年十一月十九夜

——原載一九八五·二月《聯合文學》

川端康成先生畫像　　林文月　繪

十六歲的日記

川端康成 著
林文月 譯

（作者按：括弧中的字為二十七歲時附加之說明）

五月四日

從學校回家，是在五點半左右。大門爲了避訪客而關著，因爲祖父獨個兒躺著，所以怕人來打擾。（祖父患著白內障，當時目已盲。）

「回來啦。」我說。但沒有回答聲，靜悄悄的。不由得感覺寂寞和悲傷。走到離祖父床頭六尺許處再說：

「回來啦。」

復靠近三尺許處，大聲喊：

「剛回來啦。」

又移近耳旁五寸處：

「剛剛回來啦。」

「哦哦，是啊。從早起就沒得人照顧，自個兒哼哼嘰嘰等著。這回兒又得朝西向翻身子了，所以又正哼哼著哩。來，給翻個身兒朝西向吧。喂。」

「高點兒，把身子抬高點兒——」

「哦，行啦。把被子給我蓋好。」

「還不成。再來一遍。來。」

「怎的（七字不明）。」

「哎呀，還不太行哪。再來一遍，好不？」

「嗯。舒服多了。眞虧你喲。茶滾開沒？回頭弄點兒來好不？」

「咳，等一下嘛。哪能全都要一起來！」

「知道。可是得先說好了嘛。」

過一會兒：

「寶寶，豐正寶，喂——」聲音微弱得像從死人嘴裡吐出來一樣。

「讓我尿尿。讓我尿尿吧。哎。」

他待在床上動也不動，只這麼哼哼，眞教人搞不清楚。

「幹麼呀。」

「拿小便壺來。把雞雞替我放進去。」

沒辦法，只得不甘不願替他撩起前邊兒，照做。

「進去了沒？好了沒？要撒嘍。不打緊吧。」到底知不知道自己的身體嘛。

「啊啊，啊啊。疼，疼哪，疼死人哪。啊，啊啊。」祖父一小便就會痛。痛苦叫喊的聲音，就像氣都要斷了似的。接著，小便壺底就有谷川清水之聲音。

「啊啊，可疼死了啦。」聽那悲痛難忍的聲音，我禁不住含淚。

茶水滾開了，便給他喝。是番茶（譯按：日式品質較劣之茶）。骨立的臉，白髮稀疏的頭，抖擻不已的皮包骨的手。咕嘟咕嘟，每一口就動的喉結。茶三杯。

「嗯，好喝，好喝。」他嘖嘖稱讚。

「可眞管補神呢。你，買了好茶來，但是呀，人家說喝多了傷身子，所以還是喝番茶好。」

過了一會兒。

「給津江（祖父妹妹住的村子）寄了明信片沒有？」

「嗯，早晨寄了。」

「哦，那就好。」

啊，祖父說不定是預感到「某種事」吧。該不會是冥冥中有所知吧？（我當時害怕，祖父要我寫個明信片給從來也不通信的妹妹，要她來一趟，是不是預知自己要死了。）——我盯住祖父蒼白的臉，直到自己的眼眶濕潤起來。

——正在讀書，忽覺得有人來。

「米代嫂嗎？」

「是。」

「怎麼樣？」

胸口突然一陣騷動不安，我從桌邊轉過來。（當時我在客間擺著一張大桌子。米代嫂是一位五十歲上下的農婦。她每天早晚來我家幫忙炊食打雜。）

「今天去過了。告訴他，年紀七十五歲，由於如此這般的原因躺著，三十天來都能吃能喝，就是不通便，請他給看看。『年紀大了，大概沒什麼太嚴重的，老人病吧。』他這麼講。」

兩個人都嘆大氣。米代嫂又接著說：

「道是『能吃不能拉，是肚子裡有妖怪（獸）在吃。』雖然沒說『比以前更能吃，喉嚨更通順』，卻說是『那妖怪喜歡喝酒』哩。問他該怎麼辦呢？他道是『教病人抱著妙見菩薩的畫像，房間裡用上好的香熏著吧。』——即使是妖怪附身，也只是弄錯時辰罷了，也沒什麼大變化呀。從前可是眞個連木魚片屑屑都哽在喉頭嚥不下去，最近哪，連壽莫司（壽司）啦，飯團啦，都一口吃得下去了。啊，就是那喉結咕嘟咕嘟動，教人看著挺不順眼。狐神要附降女巫的時候，不也是喉骨咕嘟咕嘟響的嗎。前陣子他又喝了好多酒哩。今天占的籤，也不曉得靈也不靈。」

「這個——。」

我可沒有勇氣劈頭說她迷信。奇怪的不安，令我不知所措。

「後來回到家裡，說又到五日市（村名）叫人給（去）看去，竟然問『說要死了嗎？』我說，沒有，說是沒什麼太嚴重的，是老人病。便說，是災厄呀。我就同他說，三十天都不拉個大便，請他給看一遍。」

「回得家來，即時（立即）點上了香，念道：『從來清清白白人家，怎麼會藏著那種東西（指妖物），又怎的沒來沒由害人。要茶要飯儘管說就是，一定供上。喏，快快出去，出去出去！』要（想）同它講講道理，好讓它出去哩。明兒起，在戌亥角（隅）供個茶飯便是。爲著祛魔，拿把倉裡的刀出來吧。把它拔出鞘，放在臥室底下。還有，等明兒再去狐神廟那兒問一遍。」

「眞怪。可是眞的？」

「這個——是真的吧。」

——靠近祖父枕邊：

「爺爺，小野原（村名）有個叫狩野的人來信。幾時借過錢嗎？」

「啊，借過。」

「什麼時候？」

「七、八年前。」

「這樣子啊。」

又來了。（這是指祖父到處跟人家借的錢，當時教我一一發現了。）

「這等事兒，我可真沒辦法呀。」米代嫂說。（關於錢的事情，跟米代嫂也商量過。）

——晚飯，祖父吃了紫菜捲的壽司。啊，那是不是妖怪在吃呢？瞧，喉結在動。明明是食物進了人的嘴裡嘛！笨蛋，笨蛋。但是，我的腦子裡已經深深刻下「妖怪在吃食。」這句話。從儲藏室裡取了一把劍來，在臥榻上揮舞了一陣子後，把它放入床褥底下。自己也覺得可笑極了。可是，米代嫂卻一本正經地盯住我橫切豎割屋子裡的空氣。

「對啦，對啦。」她還在旁邊加油助威。如果有人看見，定會笑我發瘋了吧。

不久，天暗下。時時聽得：

「米代，米代。」微弱的聲音顫動著夜氛。接著，米代嫂連忙去伺候祖父小解的腳步聲，便傳入正在讀書的我的耳中。過了一會兒，米代嫂大概是回去了。我替祖父弄茶喝。

「嗯，知道了。好，好，喝下去。對了，喝——下去。」喉結咕嘟咕嘟地動著。這，就是妖怪在喝嗎？笨蛋，笨蛋。哪有這回事！都已經是中學三年級了——。

「啊，好喝極了。茶眞好，清淡的好。太好的可不成。啊，眞的好喝。——菸呢？」

將油燈挪近他的臉，便稍稍睜開眼睛說：

「什麼？」哦，我以爲再也不會睜開的這雙眼睛，竟然睜開了。彷彿一道光明照亮了這黑暗的世界似的，高興極了。（倒不是認為祖父的目盲可以治療。當時大概祖父正閉著眼睛吧。我恐怕是以為他會就那樣子死掉的吧。）

——寫到這兒中間，想了很多事情。關於方才揮舞著劍的事，覺得眞可笑。眞是傻得可以。不過，「肚子裡頭的妖怪在吃食。」這句話卻緊黏著我身子扒不開。——現在大約是九點。絕不可能有「妖怪附身」之事，這種意識越來越清晰，腦子像經過一番洗滌似的。

——十時許，米代嫂來服侍祖父小解。

「好想翻個身子喲。——現在是朝著那邊啊。嗯，是嗎，東邊兒嗎。」

「哼唷。」是米代嫂的聲音。

「嗯——嗯。」

「再來一次。」米代嫂說。

「嗯——。」痛苦的聲音。

「朝西了沒有?」

「您就歇歇吧。俗也要回去了。沒事兒了吧。」

不多久,米代嫂就回家去了。

五月五日

清晨。麻雀開始叫,米代嫂就來了。

「是嗎。兩次?十二點和三點起來伺候他兩次哪。年紀輕輕,怪可憐的。總想著給爺爺報恩的哩。——孩子生下來就沒住在一起,可是,阿菊她會生孩子,卻不會照顧孩子。」(阿菊是米代嫂的媳婦。那時剛生下頭一胎。)

想給爺爺報恩——我聽到這句話就十分滿足了。

上學。學校是我的樂園。學校是我的樂園——這句話或許最能適切表現近來我家的狀況吧。

——傍晚六時許，米代嫂來。

「嗳。去拜過了。同樣的話兒。眞怪。雖然沒說是妖怪，卻道是厄（妖物附身）呢。又不是不明道理的人，卻說什麼『用不著大驚小怪，總會出去的吧』——對啦，也說是老人病呢。道是『一時也不會有什麼太嚴重的，可總是會逐漸衰弱下去的吧』。」

逐漸衰弱下去。——我在心裡頭反覆喃喃。

「這樣子啊。」不禁嘆了口氣。

「還有，狐神說得眞準。道是『近來好些了吧。大吃大喝，停止了吧。』——少爺，您不覺得嗎？今天不是挺乖的嗎。」

我又開始迷惑了。狐神能言中病人的狀況，眞是不可思議；那所謂厄（妖物附身），是眞有其事嗎？

用家裡僅有的錢買來的香，在枕邊煙霧裊裊，更在床褥上秋水茫茫然飄浮著。

「到夏天可就不好辦了。」

「怎麼啦？」

「農家田忙呀。我也就來不了啦。看這樣子，不知道還能捱到靠火盆邊兒的時候不？」

啊，這一百張稿紙寫完時，在寫完以前，不知祖父的身體，可憐的祖父，他身子不知會怎麼樣。（那時，我準備了一百張稿紙，想要記下一百張這樣的日記。我擔心著，在沒寫完一百張日記以前祖父會死去。若能寫到一百張日記，祖父就可望得救。——不知怎的，我有這種想法。同時，另一方面也因為感覺到祖父會死去，才想到至少要把他的容貌在日記裡這麼保留下來。）

——病人說話，已稍稍不那麼語無倫次了。但是，所謂「妖物爲禍」，究竟是迷信呢？或者非迷信，而是眞的？

五月六日

「少爺去了學校沒？」祖父在問米代嫂。

「沒哪。現在是向晚六點哩。」

祖父的晚餐是細細的兩條紫菜捲飯，給他放進嘴裡，囫圇呑下。

「會不會吃太多？」今天竟然會這麼問。眞是難得的事情，我一邊洗澡一邊聽著。可是，沒多久又說：

「恐怕還早了點兒，但肚子餓了。叫少爺早點兒弄晚飯給我吃好吧。」

「不是方才剛吃過的嗎？」

「是嗎。」

後面說的話沒聽到。只是又聽見那笑聲。我浸身在熱水中，覺得寂寞極了。

——夜裡，家中只聽得見壁鐘聲和煤油燈燃燒聲音。黑暗的屋子裡，傳來斷斷續續的聲音：

「苦啊，苦啊。啊，苦啊（難過）。」像是訴之於天一般。過一會兒，那聲音停止了，周遭安安靜靜。——然後又是：

「嗯。啊，苦啊。」

痛苦而短促的呻吟，直到我入眠，停了又發，發了又停。聽著那聲音，我一直在心中反覆念著：

「一時還不會有什麼太嚴重的，可總是會逐漸衰弱下去的吧。」祖父的腦筋稍微清醒過來了。漸漸回復了常識。也懂得小心謹慎，不致胡亂吃東西了。

但是，身體卻日日——。

五月七日

「昨宵（昨夜）尿了一次，另外又翻兩次身啦，喝茶啦，叫了好多遍。還罵我：『老叫不醒，叫太久了，氣都快斷了。』可是，人家十二點才睡的，所以不容易醒來。」

早上，米代嫂一來，就向她發牢騷。

「可憐哪。若不是頭疼，我也會待到十二點才走的啊。日裡，若是兩個鐘頭不來，老爺就要說：『哭著過活兒』啦什麼的。只好每隔一個鐘頭就來看一趟。」

病人昨夜把愛睏的我叫起來，一會兒胡言亂語，一會兒氣憤罵人，時則又冷靜自省，自怨自艾，哭哭啼啼。

——正想上學，祖父忽又用抱著一線希望的聲音問：

「不曉得什麼時候才會好啊。」

「氣順（氣候）安定，就會好的。」

「眞個連累你了，對不住啊。」是乞憐的細弱聲音。

「夢見大神宮菩薩來到咱們家哩。」

「要相信大神宮菩薩才好。」

「還聽見祂的聲音呢。不是挺可喜的事情嗎？菩薩神明哪有會拋棄人的道理。眞是大慈大悲喲。」是心滿意足的聲音。

——從學校回來，大門敞開著，可是屋內卻靜悄悄的。

「回來啦。」說了三遍。

「哦，寶寶嗎。回頭來幫我尿尿。」

「嗯。」

我最討厭這事了。吃過飯後，替病人掀起被子，用小便壺接著。過了十分鐘還沒有解出，可見得膀胱有多弱。等待之間，我發牢騷，講氣話。那種話語自自然然就會說出來。祖父一個勁兒地道歉，然後，他一天天憔悴下去，看到那死亡的影子籠罩的蒼白的臉，我又自覺愧疚。不久，

「啊，疼，疼哪，嗯——。」聲音細弱但尖銳，教人聽著都覺肩頭僵硬。然後，便有淙淙的清音。

——晚上。在抽屜裡東掏西搜，竟看到一本《構宅安危論》。這是由祖父口述，讓自樂（鄰村的男子。他是跟祖父學易學和相宅學的徒弟。此是相宅之書。）原本有意出版，也曾經跟豐川（大阪的闊人）接洽過，後來沒有成功，如今已完全遺忘，而藏在我抽屜的角落裡。唉，祖父一生之中沒有一樣順遂，所做的事情都是失敗的。不知道他心裡頭如何想？啊，他竟然在這般逆境之中活過來七十五歲。眞是多虧他勇敢啊。（我認為祖父能夠克服悲傷享長壽，完全是勇敢有能耐。）好幾個孩子和孫子都先他而去，沒人談話，看也看不見，聽又聽不見，（他目盲又重聽）完全孤獨。孤獨的悲哀——這正是祖父的寫照。「哭著過活兒。」他那句口頭禪，並不是虛言。

（祖父的八卦和相宅，相當靈驗，所以稍有名氣。也有人老遠來找他。他大概以為把《構宅安危論》出版了，可以濟世救人的吧。我如今回憶，當時的自己對祖父那一套易和

相宅，也無所謂信或不信。倒是當時十六歲，已是中學三年級的人了，即使在鄉下住著，又怎會任由三十天沒拉大便的祖父不去找醫生看，卻給狐神去占籤，以為是「妖物附身」什麼的，現在想起來，真個啼笑皆非。

祖父和姓豐川的闊人相識，是由於寺廟而起。我們村莊裡有一所尼庵。大概是我的祖先建立的，所以那寺院建築和山林田產都在我名義下，尼姑們也都設籍在我家裡。這尼庵屬於黃檗宗，供著虛空藏菩薩。每年十三的參詣之日，總是有近鄰村子的十三歲孩子們集攏來湊熱鬧。後來，有一位我們村子北方約一里許的高僧要移住於此。祖父一高興之下，便把尼姑們趕走，連那個寺院的財產名義也捐出去了。寺院被改築得十分壯觀，名稱也改了。役事期間，虛空藏菩薩以及其他五、六尊佛像都暫寄在我們客廳中。為此，本來沒錢鋪榻榻米，只隨便鋪著籐蓆子的客廳裡，也有榻榻米的清香可聞了。——崇信那位高僧，改建寺院，又替我們家鋪上榻榻米的，便是那位姓豐川的闊人。）

——祖父的慈祥心地，時時會顯現出來。今早米代嫂在講：

「做了送三十家份的弄璋餅，沒想到另有些人家送了賀禮來。這下子又不夠用了，得再做一些。」

「是嗎？三十家嗎。還不止啊。這個不到五十戶人家的村莊，竟也給你這樣子的家裡送賀禮來呀。」

後面不知在講什麼，講話聲混著哭聲，是喜極而泣的聲音。（祖父是在替米代嫂高興，像她那樣窮困的種田人家，大家夥兒也還送賀禮來。）

——米代嫂不捨得讓我照拂祖父。晚上八時許，在她回家之前，特別問祖父：

「會不會再想尿尿？」

「嗯。」

「那我回頭再來一次。」

「有我在，用不著來了。」我幾乎衝口而出，可是終於還是沒說出來。

五月八日

早晨米代嫂一來，祖父就跟她抱怨我昨晚的不周到。大概我自己也有不好的地方，可是，夜裡給叫起來好幾次，忍不住會生氣；而且，我討厭伺候他小便。米代嫂對我說：

「一天到晚抱怨。只想到他自個兒，一點兒都不替照顧的人著想。眞是的，人家可是以（以為）彼此因果，才照拂他的呀。」

今天早上甚至於還想到不理他了。每天上學以前，照常會問他有沒有事要做的，今天卻默默走出家門。可是，從學校回來，心裡還是覺得過意不去。

——米代嫂說：

「今兒個，把上回往（去）占卜的事情同他講了。他說是『虧得你替我去了。彷彿記得那時候什麼東西都是狼吞虎嚥的。多少都喝得下去哩』。」

一聽這話，我又想起肚子裡頭的妖怪在吃食那句話來。

——晚飯後，祖父說：

「要講眞正要緊的話。放心吧。」

他說的放心吧，可眞有些滑稽。

「這般困難，還說什麼放心不放心的。」米代嫂笑說。

沒想到，一會兒又說：

「也該讓我吃飯了吧。」

「方才吃過的，不是嗎？」

「是嗎。不知道。忘了。」

我感覺悲傷而無可奈何。說話聲一天比一天低弱下去，沒氣力，又難以聽辨。

於是，我面向書桌，攤開稿紙，米代嫂也坐下來，準備聽取所謂要緊的話。

（我想將祖父說的話照本記錄下來。）

「那個——，寶寶銀行的圖章可曉得嗎？我活著期間，須得用那枚印章不可。（不知何所指。）——唉，一事無成，把祖上代代留下來的財產都賠光了，可是，總還是努力過的呀。本來要往（去）東京見大隈先生（大隈重信侯）的，沒想到待在家裡頭，身子竟變得這麼不管用。——啊，那松尾十七町的田地，本想趁我還活著時候全部變更爲寶寶的，也沒辦法了。（祖父從年輕時便試過種茶啦、寒天製造法啦等諸多事情，可是全都失敗，又因為相信相宅，所以房屋造了又毀，毀了又造，終將田地賤賣了出去。其中，財產的一部分落在松尾的造酒家手上。祖父一直想著：至少要把這一部分取回來。）如果再讓寶寶手裡有個十二、三町田地，那就踏實多了。大學畢業後，也就不用慌張了。不忍心讓寶寶給島木（叔父家）啦，池田（伯母家）去照顧。那塊田地若是變更爲寶寶的，我死了之後，跟上人（前面指的那位高僧）商量商量，好歹也可以給寶寶守住這個房子的啊。唉，只要像鴻池（闊人的代詞）那樣有錢，也就用不著做苦工了。本來想到東京去，把事情弄停妥的，可惜，看樣子是去不成了。雖說去不成，可也不能就這麼待著。應當快點兒教寶寶做一家之主，那就這輩子都用不著麻煩別人了。只要眼睛看得見，能去找找大限，就不成問題了。啊啊，我一定要去東京。去同慈光上人跟瑞圓上人（新的寺院住持高僧，及其弟子），和西方寺（屬於村裡布施的寺院）商量看看。」

「您這樣做，別人會笑話，說是東村那瘋子呢。」

（當時祖父想去會見大隈重信，在他自己來說，是有目的的。祖父對漢醫方面略有心得。同時，我的父親又是東京的醫學院出身的醫生，因此，祖父也從父親那裡習得一些西洋醫學的知識。他把那西醫的醫術摻入漢醫藥方之中，長久以來給村人行醫治病。說來，祖父對於自己那一套東西增加信心，是在村子裡流行赤痢的時候。前面寫的那座尼寺改築，佛像搬到我家裡來的那個夏天，村子只有五十戶許人家，而當時赤痢流行的情況，幾乎可說每戶平均就有一個患者。為此，村裡還臨時搭蓋了兩所隔離病院。連野田上到處都聞得到消毒劑的味道。沒想到我祖父的藥方竟然相當輕易地治好了病。有的人把患者藏著，偷偷拿祖父的藥吃，就那樣子病就治好了。於是，那些原先在隔離病房的患者之中，也有人把醫院的藥扔在一邊，來吃祖父的藥。甚至還有些醫生已經束手無策的病患，靠了祖父的藥而得救的。我並不清楚，到底在醫學上而言，有多大的價值；不過，祖父的藥竟不可思議地呈現效驗，倒是事實。於是乎，祖父便開始想把那藥方推廣於世。後來，又叫自樂替他寫申請書，從內政部取得了三、四種藥的出售許可證。但是，也不過只印製了五、六千張印有「東村山龍堂」店號的包裝紙而已，那製藥的事情，終於煙消雲散。關於這些藥的事情，至死都還在祖父的腦中。而且，他還天真地以為，只要去東京找到他所尊敬的大隈重信，就一定會得到援助。除了藥以外，《構宅安危論》出版的事，他恐怕也考慮過的吧。）

「這個家從北條泰時以來，已經有七百年的時間了，所以一定還會延續下去。一定會砰玲磅琅回復到從前的興盛情況。」

「眞會說大話。好像馬上就要兌現似的。」米代嫂忍不住偷笑。

「唉，我活著的時候，也用不著麻煩島木啦、池田什麼的。啊啊，眞沒想到會落到這等地步。——米代呀，想起來就教人傷心哪。妳聽聽呀。替我想想我的心境呀。」

米代嫂一直覺得好笑，笑得她東倒西歪的。我還是一直在記錄祖父的話。

「只差那麼一些些，唉，就沒想到我這身子這麼不管用了。三兩千塊錢還可以想想辦法，可是，十二、三萬哪。啊啊，可有法子想想？如果，我不能去，大隈先生來這兒就好了。好笑嗎？妳別那麼笑了。別瞧不起人家。沒辦法也要想辦法。喂，米代，沒法子想的話，七百年的家就要完蛋了。」

「還有少爺在呀您盡說那些上天摘星星的話，多費精神，對身子可是不好的喲。」

「我笨，是不是？」聲音很銳利。「能活著的話，啊啊，這輩子就想見一見那老頭兒（大隈）。只管倒（退卻）是不成的。唉，就算是死了，也想把這小小的心願了一了。你們看來，我挺笨是不？讓我試一遍看看。若不成，那麼隨時掉入水中淹死都甘心。啊啊。」

我心中靜極，覺得十分悲傷，一笑都不笑，一本正經地一個字一個字記下來，米代嫂也不笑了，正支著頤聽祖父的話。

「正想去東京，卻變成這般身體，妖魔來訪。南無阿彌陀佛，南無阿彌陀佛。沒法子達成心願的話，不如掉進水中死掉算了。眞箇沒出息哪。南無阿彌陀佛。南無阿彌陀佛。唉，講一點有骨氣的話，人家就要笑。唉，這樣的社會，不活也罷。南無阿彌陀佛。南無阿彌陀佛。」

對我來說，燈光太暗了些。

「嗯，嗯——。」痛苦的呻吟，漸次升高。

「怎能夠活了一大把年紀畏畏縮縮的呢！啊，五十年來同心過來的人都做了首相呢。（**當時大隈重信為首相。**）啊啊，不能移（動），眞太遺憾了，遺憾極了。」

米代嫂安慰祖父說：

「都是大家運氣不好啊。可是，等將來少爺出人頭地就好了呀。」

「出人頭地。還不是沒什麼了不起的。」他大聲說著，又瞪了我一眼。——說什麼話呀，老糊塗。

「也不必盡羨慕有錢人家啊。您瞧那松尾家，瞧那片山家。凡事都是看菩薩的意思。」（**那姓松尾的製酒家，和我們親戚片山家，當時都已家道中落了。**）

「南無阿彌陀佛。」

祖父的鬍鬚在燈光下看來，閃著銀色的寂寞的光。

「我可一點兒都沒眷戀這個世界。來世比今世要緊。可也不想老這般畏畏縮縮赴極樂世界呢。」

「前些日子就跟西方寺的上人（和尚）講過，請他過來商量商量。可是，老說是留守、留守啊什麼的，沒能來，眞氣人哩。」趁祖父的話告一段落，米代嫂就搶著代祖父解釋他不高興的緣由，令我反而生氣，更同情祖父了。何必要騙人！

「啊，在這個社會裡，連個中學都還沒畢業。」

今天不知怎的，祖父這樣看不起我。

不久，他翻個身，把臉朝向那邊。我打開明天要考試的英語教科書。覺得我的世界就像是擠在一寸見方之中，擁擠而又呆板。今晚祖父講話的聲音已經不像是這個世界上活著的人的聲音了。米代嫂走後，我好幾次都想同祖父談談自己將來的志願，以安慰他。夜深以後，祖父突然用好像從深沉的底層發出的聲音說：

「人一生的方針，可眞不容易呀。」

「噯，眞不容易。」我附和著說。

五月十日

早晨。

「上人（和尚）還沒來啊？」
「噯。」
「最近，自樂都不來了。從前不是天天來的嗎？眞想叫他看一看相。」
「相跟從前也沒什麼改變吧。哪兒會那麼快就變呢？」
「讓他看一次相，再請上人來商量商量，看是該怎麼遂願才好。」
他堅定的決心，表現在略強的語調上。
「想跟自樂見一見。」
「像自樂那樣的人，有什麼用處呢。」
我像是說給自己聽一般小聲嘟噥。

五月十四日

「米代。米代。米代。」被祖父呼喚聲吵醒。
「幹麼呀。」我起床問。
「米代來了沒？」
「還沒。現在才夜裡兩點哩。」
「嗯。」

從那之後，祖父每五分鐘就叫著米代的名字。我半睡半醒地聽見。米代嫂來時是五點。

——放學回家，米代嫂告訴我：

「今兒個眞是找麻煩，一點都不肯教人走開。一會兒要尿尿，一會兒要翻身，再不然就是要茶啦、要菸啦。一大早到現在也不得回去（回家去）。」

「該找個醫生看看才好。」

老早就想過，可是，要找好醫生，需要錢。而且，祖父眼裡根本瞧不起醫生，又怕找了醫生來診察，他會當面罵人也不好。今天早上他還嚷嚷：

「醫生有個屁用。」

——晚上。

「米代。米代。米代。」

我故意不去理會那聲音，靜靜走到祖父耳邊。

「幹麼呀？」

「米代，好了沒？怎麼不給我吃早飯？」

「才吃過晚飯的嘛。還不到一個鐘頭呢。」

也不知道他聽清楚了沒有，臉上的表情變得十分遲鈍了。

「給翻個身子。」

又嘀嘀咕咕不知說了些什麼，聽也聽不懂。問他，也不回答，眞教人沒辦法。

「給我茶喝。」

「唉，這種茶，溫溫的。這種茶，啊啊，好冽（冷）。這種茶，怎麼能喝！」

粗聲粗氣的。

「管你！」我也就不理他，離開枕邊。

隔不多久，又喊：

「米代呀。米代。」

就是不肯叫我的名字。

「幹麼？」

「今兒個去池田（伯母家。在離我家五、六里處的村子）見到榮吉沒有？」

「沒去池田啊。」

「是嗎？那去了什麼地方？」

「什麼地方都沒去。」

「奇怪。」

怎麼會講起這些事情呢？我才覺得奇怪。回頭我在寫習題，他又叫：

「米代。米代。米代。」呼吸困難，聲調變高。

「什麼事兒？」

「讓我尿尿。」

「好。米代嫂不在，都已經晚上十點多了。」

「弄飯給我吃。」

這簡直教我莫名其妙。

祖父的腳啦、頭啦，全都像似穿舊了的綢衣裳，到處是又長又深的皺紋。皮膚拉上去，就停在那裡，也不回復原樣兒。我不禁害怕起來。今天不知何故，盡講些教人生氣的事情。我覺得他的相貌越來越顯得險惡了。直到我入睡，祖父的呻吟聲斷續不停，我的腦子裡便也充滿不愉快的感覺。

五月十五日

從今天起，米代嫂有事，四、五天都不能來，由阿常婆（來幫傭的老太婆）來替米代。放學回家，告訴阿常婆：

「阿常婆，他滿不講道理吧。」

「沒啊，一點都不會。問他可有什麼事，就說想尿尿啦什麼的。不過，挺乖的。」

他這樣子客氣，才眞令我不忍心。

今天看來，十分難過的樣子。百般安慰，只是一個勁兒「嗯，嗯──」地重複著不知是回答，還是喘大氣的聲音。那悲苦無助的聲音，時斷時續地傳到我腦底，就如同一寸寸割棄我的生命似的難堪。

「喂，喂──。米代、米代、米代、米代、米代。喂──。啊嗯，啊──嗯。」

「幹麼？」

「要尿尿。急急（快快）幫忙。」

「好啦，盛住了。」

捧著小便壺等了約莫五分鐘，卻說：

「快給我尿尿。」

感覺都痲痺了。眞不忍心。我感到極悲傷。

今天有燒。有一種難聞的氣味飄浮在空氣裡。──我面向書桌讀書。那呻吟聲長而高。梅雨的夜晚。

五月十六日

下午五時許，四郎兵衛伯伯（一位親戚家的老人。說是親戚，也只是名義上的，沒有一點血緣關係，所以平時祖父也沒怎麼跟他來往。）來探病。雖然他說了很多安慰的話，祖父的回答只有：

「嗯，嗯——。」的呻吟聲。四郎兵衛伯伯一再叮嚀之後，又對我說：

「年紀輕輕的，可眞難為你了。拜託照顧哦。」便回去了。

七點多時，我說：

「出去玩一下。」便跑了出去。等到十點左右回到門口，聽到祖父那悲不堪的聲音在喊著：

「阿常嫂，阿常嫂。」

連忙問他：

「什麼事呀？」

「阿常婆呢？」

「沒在呀（回去了）。都已經十點了呢。」

「阿常婆不知給我吃了飯沒？」

「吃過了吧。」

「肚子餓了。給我吃好不好？」

「沒有飯了。」

「是嗎。那可糟了。」

其實，對白並沒有這般條理清楚。每次總是胡言亂語，講些重複的無聊的話。我這邊說的話，恐怕只穿過他耳朵，馬上又從那一頭溜了出去，一會兒又問相同的事情。不知他腦筋到底怎樣了。

後記 之1

日記到此爲止。寫這日記的十年後，我在島木伯父的儲藏室中找到的日記，只有這一部分。書寫在中學生用的作文稿紙上，約有三十張。大概只有這麼些吧。以後並沒有記的樣子。因爲祖父是在五月二十四日夜晚死去的。這日記的最後一日是五月十六日，是祖父死前八日。十六日以後，祖父的病情更形惡化，家裡更加混亂，恐怕沒有工夫寫日記了。

然而，我發現這些日記時，最不可思議的是，我竟然已不復記得這裡面記載的一些日常瑣事了。我不記得，然則那些日子都到哪裡去了呢？消失於何方呢？我思考關於人們失落在過去之中的事物。

無論如何，這些日子是活在伯父儲藏室角落的一個皮箱裡，而今又在我的記憶中復甦了。這隻皮製的小提箱，是行醫的父親在出診時所用的。我的伯父因經營股票失敗而破產，連房地產都失掉了。在把儲藏室交出給別人之前，我去尋找看看有沒有屬於自己的東西，而找到了這隻上了鎖的小提箱。我用身旁的一把古舊的刀子割破皮革，裡面竟裝滿著我少年時代的日記。這日記便是混雜在其中。我遂得面對已經遺忘了的誠實的過去。但是，祖父的模樣竟比我記憶中的醜多了。是我的記憶，在這十年之間不停地清洗著祖父的模樣。

雖然這日記中的日日已不復在記憶裡，但關於醫生初來時，及祖父臨終那一天，倒還記得。平時瞧不起醫生，不相信醫生的祖父，一旦見到醫生，竟然一反過去的態度，變得十分信賴，流著眼淚感激，致令我有一種毋寧是被祖父背叛的感受。祖父那種樣子，使我既憐憫又哀痛。祖父之死，是在昭憲皇太后國葬日的夜晚。那天，我正猶豫著是否去參加學校的遙祭典禮。學校在離我家一里半之南的鎮裡。不知爲何，我莫名其妙地非常想參加那個遙祭典禮。可是又擔心祖父會不會在我離開時死去。米代嫂替我去問祖父的意思。

「這是日本國民的義務，所以去吧。」

「你會活到我回家嗎？」

「活著。你去好了。」

我已經快趕不上八點的遙祭典禮，所以拚命地趕路，把木屐帶子都跋拉斷了。（當時我讀的中學是穿和服的。）我無精打采地回家。沒想到，米代嫂竟鼓勵我：別迷信了。於是，我換了另一雙木屐，又趕赴學校。

搖祭典禮完畢，我突感一陣不安。記得村裡家家戶戶掛著追悼用的燈籠都亮著，所以應該是闇夜才對。我脫去木屐，光著腳跑了一里半的路回去。祖父活到那晚十二點多的時候。

在祖父過世那年八月，我離家去接受叔父照顧。回想祖父對於家的眷愛，當時以及其後出售房屋時，我都十分悲傷難堪。不過，後來在親戚家與租屋啦、宿舍間輾轉飄泊之後，房屋或家庭的觀念卻逐漸從我的腦中褪去，老是作著流浪的夢。想當初，祖父連在親戚前都不放心出示，僅交與最信賴的米代嫂的那張家譜，到如今都還鎖在她家佛壇下的抽屜中；我連想看一看的念頭也沒興過。但我並沒有覺得對不起祖父，因爲我彷彿相信著死去的人的睿智與慈愛。

（大正三年五月記，大正十四年八、九月發表）

後記 之2

〈十六歲的日記〉在大正十四年，我二十七歲時發表。這是大正三年，當時十六歲那年五月的日記，可謂我發表的作品之中最早執筆者，故在此全集（譯按：指新潮社刊

《川端康成全集》）亦置於卷首。（當時叫名「十六歲」，實滿十四歲。）

發表時曾附加〈後記〉，關於此日記想說的話，大體在此〈後記〉之中。不過，那〈後記〉原係以小說之旨執筆，故而與事實稍異。其中有「我的伯父因經營股票失敗而破產，連房地產都失掉」，其實出賣房地產的是堂兄，大概是在伯父死後。伯父是一位謹慎踏實的人。此外，說我少年時代的日記塞滿了父親出診時用的小提箱，也有些誇張。那所謂中學時代的日記，如今還保留著大部分，但並沒有多少。

我還記得父親出診時使用的提箱，不過與時下一般醫生所持用者略異，是像旅行用的箱子一般底寬而堅固的。「書寫在中學生用的作文稿紙上，約有三十張。」也未必是正確的張數，現在已不可確知了。二十七歲那年謄寫時，已將十六歲時的原文撕破丟棄了。

但這次編全集之際，將這些古老的日記一類東西找出來，卻找到兩張〈十六歲的日記〉，是第二十一張及第二十二張。二十七歲謄寫時，這兩張不知遺失何處，所以未加以撕毀。讀之，可知應是發表的部分以後的。如此，則原文大概不到三十張吧。不過，那些文字並未一字一字寫在稿紙的格子裡，字數超出了二十一字、二十行的實數許多，說不定是因此概算爲三十張。

總之，此二張應入〈十六歲的日記〉而遺漏，雖未記日子，顯然爲前文之續，所以暫時附錄於此；然後，這兩張也將予以撕毀。

「身子不舒服。啊啊，不應該死的人要死。」聲音極微弱，勉強聽得見。

「誰個（什麼人）死啦？」

「……（不明）……。」

「爺爺嗎？」

「世人都會死。」

「啊？」

若是尋常人說此話，一點也不奇怪。可是，現在聽祖父說這樣的話，不容我等閒視之。會產生種種聯想。某種不安襲擊著我。（五字不明）祖父呻吟的聲音短促微弱而時斷時續，呼吸極短，似乎只見吐出。病情急速地惡化。

「米代嗎？我究竟是怎麼回事兒。——糊裡糊塗地過早晨呀晚上，中飯啦晚飯的。啊——，厭倦了這種吃吃喝喝的照顧。——上次聽到神明的話，不覺得擔心起來。不知道是不是神明菩薩不理我了。」

「沒的事。神明教我們要好好兒的，別糟蹋了。」米代的聲音。

祖父像似從虛空之中喃喃：

「啊啊，一年來白用了（不花利息的借錢）。啊，即使是十兩金子，也教人放心不下。」這話已重複了十幾遍，而每重複一遍就逐漸呼吸困難起來──。

「請大夫來看看好不好？」米代嫂提議。我也只好點頭。於是便對祖父說：

「爺爺，請個大夫來看看吧。如果拖下去變壞了，跟親戚也說不過去呢。」（祖父是怎麼回答的，並沒有記下。但我還記得：原以為祖父會拒絕的，沒想到他竟然怯弱地答應，反令我感覺難過。）

麻煩阿常婆到宿川原跑一趟，去請醫生。

這當中，米代嫂說：

「老爺，我的錢，已經由三番（伯父住的村子）那兒拿到了。小畑家那些，也從津之江（祖父妹妹的村子）那邊貸（借）來還清了。您放心。」

「是啊。那太好了。」

祖父是真心高興的樣子。

「您可要放心，好好兒念佛才行。」

「南無阿彌陀佛、南無阿彌陀佛。」

啊，祖父不會活很久了。恐怕維持不到這稿紙寫完的時候。（為著寫這日記，我準備了一百張稿紙。）米代嫂不在的數日之間，祖父顯著地衰弱下去。如今，可說是已經蓋上死亡的大印章了——。

我止了止寫日記的筆，茫然思索祖父死後的事情。啊啊，我身何其不幸，而今而後，天地悠悠，將變成孤苦伶仃一人了。

祖父繼續在念佛。

「你聽，肚肚（肚子）變軟了。這一向都脹鼓鼓硬邦邦的。」

阿常婆回來說：醫生不在家。

「說是明兒個從大阪回來，如果來不及的話，就另外再找別人什麼的。」

「怎麼辦？」米代嫂說。

「這——，大概不會那麼快吧。」阿常婆說。

「大概，沒那麼急的吧。」我嘴上雖這麼說，一聽醫生不在家，心中不免著急起來。

祖父在打呼嚕，不知是睡著了嗎。嘴巴張著，眼睛也閉不好，看來挺虛弱的樣子。

枕邊油燈暗淡的火影照現兩個女人，皆默默支頤。

「您說，少爺，這怎麼辦是好？——身子已經這麼虛了，人還挺清楚的。」

「怎麼辦是好。」我差點兒哭出來——。

原文是寫了一張半，另有三行，可是謄寫時將對白部分改行，成爲四張零四行了。現在只確知這些文字應屬於接在二十七歲發表過的後頭。〈十六歲的日記〉中記著米代嫂因事回家，由阿常婆來替她，次日，十六日的記事就中斷了，這裡補上的部分，便是其後米代嫂回復來我家照料的日記。

然則可知，〈十六歲的日記〉在「後記」中寫著：「日記到此爲止。」並非事實。發表〈十六歲的日記〉時，只找到五月十六日的部分罷了。在五月十六日以後，及此處補續者之間，大概還應該有數日分的日記才對。或許是遺失了吧。

祖父之死是在五月二十四日，則十六日是死前八天，這裡所補上的，當是更接近祖父死期的日記吧。

祖父之死，使十六歲的我變成舉目無親，連家也失去了。

在〈十六歲的日記〉「後記」一文裡有文：「我發現這些日記時，感覺最不可思議的是，我竟然已不復記得這裡面記載的一些日常瑣事了。我不記得，然則那些日子都到哪裡去了呢？消失於何方呢？我思考關於人們失落在過去之中的事物。」對於不復記憶過去經驗過的事情，這不可思議之事，即使到今天對已五十歲的我而言，仍然是不可思議的。對自己來說，這乃是〈十六歲的日記〉帶給我的第一個問題吧。

即使是不復記憶，也不能簡單地說已「消滅」或「遺失」在過去之中。我這篇作品並非旨在試圖解開記憶或忘卻的意義；亦無意及於時間及生存的意義。不過，我確知，這或者將成為其線索、證據之一。

記憶不佳的我並不特別相信記憶，有時反倒感覺忘卻之為恩寵。

第二個問題是：我何以寫下這樣的日記。當時恐怕是預感到祖父之死，故而想把他的模樣記錄下來；可是，日後想到：十六歲的我在瀕臨死期的病人旁記其寫生風味的日記，不免感到奇怪。

五月八日文中云：「於是，我面向書桌，攤開稿紙，米代嫂也坐下來，準備聽取所謂要緊的話。（**我想將祖父說的話照本記錄下來。**）」這裡所謂「書桌」，根據我所記得的，其實「只是在踩凳（**踏臺**）的一端立著蠟燭，我便在那上面寫了〈十六歲的日記〉。」祖父已然幾乎全盲，所以並不曉得我在對他寫生。

我當然作夢也沒想到十年後會發表此日記。其所以差可做為作品讀，實由於此寫生部分之故；這也算不得早熟的文才。為著捕捉祖父的話語，採取速記式的記錄，無暇文飾，字也寫得雜亂潦草，有些地方竟已無法辨認了。

祖父享年七十五歲。

（昭和二十三年七月）

重讀〈水月〉舊譯

整理書櫃，原來是想要丟棄日久無用的舊物，以便容納日益增加的文件和資料，未料竟發現一些許多年以前塞入的文稿和舊資料等物。起初以爲蹲下來整理一下即可，後來卻不覺地盤踞地毯上，瀏覽起隨手拿到的文字來。

〈水月〉這一篇舊譯，便是在這種情況下，不期然地映入眼中。我已無法記得什麼時候翻譯過這篇川端康成的短篇小說了。彷彿是先刊登在某雜誌，而後又被另一份書刊轉載過；我仔細剪下那鉛印的譯文，黏貼好在白紙之上，可是卻忽略了標記發表的日期。

也許是七、八年前，可能是更久以前的事情了。若非這樣子清理書櫃，很多東西大概就會一直塵封在書房的某一個角落裡。刊物的紙張已然變黃。我閱讀自己曾經一字一句斟酌過的譯文，竟然發覺，除故事的輪廓大要之外，細節都已經十分陌生，而重讀舊譯的心情，居然能夠如此新鮮感動！

川端康成的文章，當年所以能夠吸引西方文壇矚目而獲得諾貝爾文學獎，其中一個重要的原因，可能是素樸之中所蘊藏的細膩與豐饒吧。此外，他用日文表達出來的屬於他個人的特殊韻味，也應該是不可抗拒的文字魅力；不過，這一點，在翻譯成外文時，甚難保留原來的氣氛。當年他獲得諾貝爾獎的三部代表作《雪國》、《千羽鶴》，及《古都》，是經由美國學者 Edward. G. Seidenstiker 的英譯，才被西方讀者所接受和激賞的。但我懷疑西方讀者所激賞的究竟能夠有幾分原著的神髓？畢竟，文學之動人處，不只在於情節內容，語言本身的美和趣味，應該是相當重要的。川端康成文學之美，正具有這樣的特色。這個感想，在近二十餘年以來，我自己努力嘗試翻譯日本古典名著《源氏物語》、《枕草子》，及《和泉式部日記》之後，更深刻地體會到。

行筆至此，我才恍然大悟，〈水月〉的翻譯，可能更在二十年以前。因爲，如果我沒有記錯，這篇短文之翻譯，當是在《源氏物語》之前，而後者始譯於一九七三年，迄今已整整二十載。時光流逝，何其快速！

而二十年以前，我是以什麼樣的心境執筆翻譯〈水月〉的呢？竟然已無法追憶了。如今重讀，透過自己都覺得陌生的譯筆，我又一度被川端氏細膩而含蓄的文字所感動。

這篇小說裡的女主人是京子。前夫與後夫，幾乎平行交疊地出現在往昔與今日的時光軸上；而鏡子是貫穿京子的回憶與現實生活的關鍵性物品。京子嫁妝鏡臺前的一面手鏡，由於丈夫罹患肺病，長期纏綿病榻，竟成爲伴隨他最親近的物件。他用那面手鏡照見妻子，也照見咫尺天涯的後院，甚至於天空。床榻是狹隘的，但是一面鏡子，卻使臥病的丈夫得以窺見較廣闊的世界，遂令陰暗可悲的心境稍獲寬慰。鏡中的世界，有時反而發著光，比實際景物更爲鮮明，這是京子與丈夫共同發現的神奇現象。

究竟肉眼所見才是實在的呢？還是鏡中映現的才是實在的？虛虛實實，鏡花水月。川端康成所要表達的蓋即在於此，這又可自題目看出。但是，如今我重讀〈水月〉，卻更爲臥病的丈夫，與長期陪侍臥病的丈夫的京子，他們二人之間那種把水平降至最低點的「幸福」所感動。

鏡子，幾乎是前夫寂寞病臥時唯一的安慰，它意味著現實生活中不能寸步不離的京子的愛情；甚至是長期禁慾生活的無可奈何下，藉以貼近妻子肉體的媒介。鏡面上遺留的妻子的右手大拇指指紋，對罹患肺癆病的男子而言，也恐怕只能如此望梅止渴了。

所以，丈夫死後，京子偷偷地把大小兩面鏡子疊放在丈夫的屍體上。這也許意味著做爲妻子的她，精神上的一種殉情吧。棺材和屍體和鏡子同時火化，鏡面的玻璃燒成了凹凸圓形的黃色物體；別人都認不出那是什麼東西。但是，京子知道，只有她懂得那是什麼東西，因爲是她放入棺中。

我也懂得。十三年前，我的母親去世時，遵囑將她的軀體火化。那天清晨，家屬先去殯儀館瞻仰遺容。我用手掌撫摩母親的白髮，淚水婆娑之中，爲她插上一隻玉簪。那隻白玉髮簪是有一年壽慶之日，我送給母親的禮物。母親的頭髮終身未經剪刀削修，向來都盤梳著一個髮髻在後頭。我原本希望她日日戴著玉簪，讓我有永遠陪伴她的感覺。但是，母親只在特殊的日子裡偶爾戴過幾回。她珍視那隻潔白的玉簪，總是將它收藏在梳妝臺的小抽屜內；後來，在整理遺物時尋得，遂將它插入躺在棺木中的母親的髮髻上。撿骨灰的時候，玉簪鈣化而變成白色不透明物，但形體完全未變。衆人訝異。但我知道，那曾經是一隻玲瓏晶瑩的髮簪。因爲那正是我送母親的禮物，讓她帶到天國去。

可是，我也一直到現今才明白，二十年前初譯〈水月〉時，我其實並不懂得川端康成筆下的京子的微妙細緻而傷痛中帶一些安慰的心理。

二十年漫長的時間裡，我個人的生活中發生過數不清的歡愁經驗。我也終於明白，有一些智慧與感受，竟然是要用這樣漫長的歲月和沉重的代價才獲致的。

——一九九三・三・三十

水月

川端康成 著
林文月 譯

有一天，京子想到，要讓躺在二樓的丈夫照看自己的菜園子。對於長久臥病的丈夫來說，僅此，已如同展開新生活一般，這可絕不能說是「僅此」。

那是附屬於京子嫁妝的鏡臺的一面手鏡。鏡臺並不怎麼大，是桑木製的，手鏡也是桑木製。

還記得新婚時期，爲著照看後面的頭髮，舉鏡合照，袖口竟滑落，露出了手肘，教人害臊，就是那一面手鏡。

有時浴罷，「笨手笨腳的。來，讓我拿著吧。」說罷，一把將手鏡奪過去把京子的寒毛從各種角度照現在鏡臺裡，倒像是丈夫自己在欣賞的樣子，有些東西似乎只能照在鏡中才會發現的吧。京子並非笨手笨腳，不過，讓丈夫從後面覷著，倒不免變得僵直起來。

從那時擱置在抽屜裡，雖云歲月流逝，卻尙未至於到手鏡的桑木都變色的地步。但是，逢著戰爭啦、疏散啦、丈夫病重啦，待京子想到要把菜園子照給丈夫看時，鏡面已經模糊，邊緣也給粉末和灰塵弄髒了。當然，這些都無礙於照現物體，所以京子與其說是沒在乎，倒眞是沒注意到。可是，從那時以來，手不離鏡的丈夫，竟因爲無聊加上病人特有的神經質，把鏡面和其邊緣都拭擦得乾乾淨淨。京子常見到丈夫在那早已經不再模糊的鏡面上呵氣揩拭，有時也會想像：在那肉眼見不到的鏡緣，恐怕會藏匿著結核菌吧。京子幫丈夫的頭髮抹些茶花油梳通過後，他也會用手掌摸摸頭髮，再把那油擦到手鏡的桑木上。鏡臺的桑木已黯然無光，但手鏡的桑木卻光澤異常。

京子帶了那座鏡臺再婚。

只是，手鏡已放進前夫的棺材裡燒掉。後來，用鐮倉雕製的手鏡替代。這事，沒有跟現在的丈夫講過。

前夫一死，馬上就被人依俗握合了指掌，所以沒法子躺在棺材裡也拿著手鏡，只得把它放在胸口。

「你是害胸疾的，這點兒東西怕也太重吧。」

京子獨自喃喃著，把它改放在腹上。京子以爲手鏡是兩個人婚姻生活裡重要的東西，所以起初才會擺在胸口。把鏡子放入棺材的時候，希望最好是連丈夫的雙親和兄弟都盡量避免讓他們看到。鏡上滿盛著白菊，因此沒有人注意到。撿骨的時候，由於火的熱度，鏡面的玻璃大部分都熔解，呈現凹凸圓形的厚度，燒焦變黃了。

「是玻璃吧，還是什麼東西呢？」有人問。

其實，是在手鏡上頭又加了一個小鏡子。那是盥洗用具袋裡頭的小鏡子，小小的長方形，表裡都嵌有鏡面的那一種。京子曾經夢想過新婚旅行的時候用它。可是，戰爭中始終沒法子去新婚旅行。前夫活著的時候，就沒有一次在旅行時使用過。

跟後來的丈夫，倒是有過新婚旅行。以前那個盥洗用具的袋子霉得厲害，所以又買了個新的。當然，裡面也有一面小鏡子。

新婚旅行的首日，丈夫觸摸著京子的手說：

「像姑娘的。可憐哪——。」不像是在挖苦，倒像是含著意外驚喜的樣子。對於再婚的丈夫而言，京子像個姑娘，也許更好。可是，京子聽到那短短的話語，卻突然受到強烈的悲哀侵襲。那無可言喻的悲哀，教人落淚顫巍，丈夫或者又會以為那也像似姑娘的吧。

京子簡直無由分辨，到底是為自己哭，還是為前夫哭的。這其中，是沒有法子分清楚彼此的。想到這裡，便覺得對新的丈夫挺過意不去，所以認為應該獻媚一下。

「不一樣。怎麼會這麼不一樣呢?」事後說。說完之後,又覺得很尷尬,便羞得無地自容。不過,丈夫倒是十分滿意的樣子。

「連個孩子也沒有生吧。」

這話又令京子心痛如絞。

遇著與前夫不同的男人的力氣,京子倒是毋寧有些受人玩弄的屈辱感。

「可是,好像老帶個孩子似的。」

京子略表抗議,只說了這麼一句話。

長病的丈夫死後,也依然像是京子體內的孩子似的。

然而,反正終究要死的話,嚴格的禁慾也無濟於事吧。

「森鎮,我只從上越線的車窗看見過……。」新夫喊著京子故鄉的名字,重又摟抱過來。

「應該是名實相符,在森林中的美麗鄉鎮吧?你在那兒待了多久?」

「待到女子中學畢業。後來,應徵到三條的軍工廠去了……。」

「哦,是在三條附近。人家都說越後的三條美人哩,怪不得京子也有美麗的身體。」

「並不美麗。」

京子用手遮著胸前的衣襟。

「手腳美麗，身體也應該是美的。」

「不。」

京子覺得胸前的手有點兒礙事，便悄悄抽開。

「就算京子有孩子，我還是會跟你結婚的吧。可以領過來疼愛呀。若是女娃兒，那就更好了。」丈夫在耳畔輕語。大概是自己已經有了男孩的緣故。就算是爲了示愛，這話聽在京子耳裡，也不免感到挺異樣。不過，把新婚旅行拖了十天之長，這倒是出於家裡頭有孩子的體諒吧。

丈夫有一個上等皮製模樣的旅行洗臉用具袋。京子的簡直不能跟那個相比。那個袋子看來似乎又大又結實，卻不是新的。不知是丈夫旅行頻仍的緣故，還是善於保養，那袋子有一種古舊的光澤。京子想起自己那個終於一次都沒用過，白白讓它長霉的舊袋子。不過，那裡面的鏡子，倒是給前夫帶到陰間去使用了。

小小的玻璃在鏡面上熔解，跟手鏡合而爲一，除了京子之外，沒有人知道那原來是兩個東西。如果京子不說那一團奇異的東西是鏡子，會有哪個親戚曉得那是鏡子嗎？

京子覺得曾經映現在那兩面鏡中的多彩世界髣髴已燒燬殆盡，就如同丈夫的軀體已經消失成灰似的，惶惶然若有所失。當初，京子照現菜園子的，是附屬於鏡臺的手鏡，丈夫刻不離枕地把它帶著，後來，連那手鏡恐怕都對病人不勝負荷了，京子不得不給丈夫按摩肩膀和手臂，所以又給了另一個輕巧的小鏡。

丈夫有生之年用鏡子照看的世界，並不只是京子的菜園，還有天空、雲雪，以及遠山、近林；也照看過月亮；野花和飛鳥，也在鏡中看過；行人在鏡中的馬路走過，孩童在鏡中的庭院玩耍。

小小鏡中的世界，竟有那麼廣大，那麼豐富，不由得令京子驚訝。原來以爲，鏡子只不過是化妝器具，供做整容的用途，手鏡，更不過是用來照看後腦勺和後頸的東西罷了；沒想到，對於病人來說，竟成爲嶄新的世界與人生。京子常坐在丈夫的枕邊，一同窺看鏡子，共話鏡裡世界。後來，漸漸的，京子也覺得肉眼所見的世界與鏡中照看的世界，幾乎沒有什麼區別，髣髴有兩個世界似的。鏡中新創造出另一個世界來，有時甚而覺得，那鏡中的世界才是眞實的。

「在鏡子裡，天空發著銀光呢。」京子說著，抬頭望窗外。

「明明是陰暗的天空……。」

鏡中沒有那種沉沉的陰暗，眞的是發著光。

「是不是因爲把鏡子擦得光亮的關係呢？」

臥著的丈夫也舉頭看了看天空。

「眞的，是陰沉沉的灰色。可是，人類的眼睛所看見的天空，不一定跟譬如說狗啦、麻雀的眼睛所看見的相同。究竟哪一種眼睛所見到的才是眞實呢？」

「鏡子裡的，是所謂鏡眼……？」

京子很想說，那是兩個人的愛情的眼。鏡中的樹木，比實際的更爲翠綠欲滴，百合花的白色也比實際的更爲鮮明。

「這是京子的大拇指指紋，右邊的……。」丈夫把鏡子的一端給她看。京子嚇了一跳，連忙對鏡呵氣，把指紋揩拭掉。

「沒關係。第一次給我看蔬菜園子的時候，鏡面上也殘留著京子的指紋呢。」

「沒注意到。」

「京子當然不會注意。我倒是因爲這面鏡子的關係，記住了京子的大拇指啦、食指的指紋哩。大概也只有長病的人才會記住妻子的指紋吧。」

其實，也可以說自與京子結婚以來，丈夫除了生病就沒有做過別的事情。即使在那個戰時，也沒有去打仗。接近戰爭末期的時候，丈夫也曾應召了什麼的，可是在飛機場做了幾天泥水工就病倒，隨著終戰便回來。由於丈夫不良於行，京子便和他的哥哥去迎接。自從丈夫給徵召去類似軍隊的地方以後，京子便寄身於避難疏散的娘家。丈夫和京子的東西，也大部分都運了過去。新婚之初所住的房子已經燒燬，便向京子的朋友租了一間房間，丈夫就是從那裡通勤的。在新婚的屋子住了一個多月，然後在朋友家裡兩個月許，算起來，京子同未生病的丈夫過的日子，也就只有這麼些了。

後來，丈夫在高原租了間小屋子，在那兒療養著病。原先，那屋子裡另外住著避難疏散來的一個家族，戰爭結束，就都搬回東京去了。京子便把那家人的蔬菜園也接了下來。那不過是大約三間（一間為六尺）見方，把院中雜草除去的耕地。

其實，在鄉下地方，要買兩個人吃的蔬菜，並不成問題，只是，那時節覺得放著好好的一塊耕地不用也可惜，京子便下田忙去了。後來對於手植的蔬菜產生了興味；倒不是想要躲開病人，只是對縫紉啦、編織一類的事情提不起勁兒。同樣要體貼丈夫，寧可一邊做著田裡的活兒，心情似乎還開朗些。為了想浸淫於對丈夫純然的愛情而下田。至於讀書，最多也只是在枕畔讀給丈夫聽就夠了。許是長期看顧病人的倦怠吧，髣髴自己將失去的某些東西，可以藉田園工作撿回來似的。

搬到高原來的時候是九月中旬，避暑客遷回後，秋初的長腳雨淅淅瀝瀝地下著，帶著一絲薄寒。有一天黃昏前，鳥聲清脆，雨過天青，在強烈的日光照射下來到菜園子，看見青菜油油發光。山邊桃色的雲朵，也教京子陶醉。忽然聽到丈夫的聲音，連忙手也沒洗就跑上二樓，看見丈夫在痛苦地喘息。

「喊了那麼多次，都沒聽見嗎？」

「眞對不起，沒聽見呢。」

「別下田去了。這樣子連著喊上五天，眞會死掉。到底是在哪兒幹什麼？看也看不見。」

「就在院子裡呀。好吧，不下田就是。」

丈夫總算放了心。

「燕雀在叫，聽到沒有？」

原來，丈夫喊，只是爲了這事。正說著，燕雀又在附近林中啼鳴。那樹林浮現在夕照之中，京子記住了燕雀啼鳴的聲音。

「要是有個鈴一類會響的東西，就方便多了。在買到鈴之前，放個什麼可以投擲的東西在枕邊，好不好？」

「從二樓丟碗嗎？這倒是有趣。」

後來，又答應讓京子到菜園子裡工作；但是，等到想起用鏡子給丈夫照看菜園子，卻是漫長的高原的嚴冬已過，春天來臨之後的事情。

僅僅是一面鏡子罷了，沒想到對病人而言，竟然會帶來萬象更新一般的驚喜。京子在撿取蔬菜上的小蟲，雖然那小蟲是沒法子照現在鏡子裡，還是得由京子把牠捉到樓上去，可是，撥開泥土時，丈夫說：

「蚯蚓倒是在鏡子裡也看得見啊。」

遇著夕陽斜照時候，在菜園中的京子忽覺得有什麼東西亮晃，抬頭望樓上，原來是丈夫的鏡子反射著光。丈夫慫恿京子拿自己學生時代的藍布制服改成工作褲，而從鏡中瞧見她穿著那褲子在田裡做活兒，倒也挺安慰的樣子。

京子知道丈夫正鏡子裡覷著自己，半意識著，又半遺忘著，在菜園中忙碌。回想為了照看後頭而不小心露出手肘時的羞澀，而今的心理，竟與新婚當時多不相同，心底不由得溫暖起來。

雖說是合照鏡子來裝扮，在那戰敗的時期，似乎也沒能夠盡情地給自己塗粉抹胭脂過。接下來。又是看病啦，為丈夫服喪啦，等到京子可以滿足地裝扮，已是再嫁以後的事情，連自己都看得見日益變得美麗起來。跟現在的丈夫結婚那天，受到的讚賞，恐怕是眞的吧。

浴罷，坐在鏡前照看肌膚，京子已經不再感到害臊，可以從容注視自己的美了。然而，對於鏡中的美，卻被前夫根深柢固地植入了與別人不同的感情，至今都無法消失。並非不相信鏡中的美，相反的，深信不疑鏡中另有世界。只不過，像灰色的天空在手鏡裡呈現銀光，那種差別，卻無法在肉眼所見的肌膚與鏡臺中照現的肌膚間找到。或許，那不單是由於距離的差距吧，其中還有長臥病榻的前夫的渴望與憧憬使然。然則，在樓上的丈夫手鏡中看來，菜園裡的京子不知有多美麗！關於此，而今已無由得知，即使前夫活著的時候，京子也還是不知曉的。

丈夫死前的手鏡裡，映現著在菜園做活兒的自己的姿態啦，那鏡中的，譬如說鴨掌草的花的藍色啦，百合花的白色，還有，在郊外嬉戲的村童啦，遠方雪山的旭日初昇等等，對這些曾經與前夫共有過的另一個世界，與其說追懷，毋寧更有一種憧憬之感。當著現在的丈夫，京子好容易才按捺下那一份情不自禁要轉成赤裸裸的渴望，努力把它當作對神靈世界的遠念。

五月的某一個早晨，京子在收音機裡聽到野鳥的啼聲。是來自前夫死前住過的高原附近的山中電臺。送走了現在的丈夫去上班後，京子取出鏡臺內的手鏡，試著照看晴空萬里的天空，又照了照自己的臉。忽然發現奇妙的事情。自己的臉是除非照鏡子，否則看不見的。只有自己的臉，是自己沒法子看到的。我們天天撫弄自己的臉，相信鏡子裡映現的臉就是肉眼親見的臉。京子不免想了一會兒，神把人類的臉造成自己無法看見，這其間是否寓含著什麼意義呢？

「假如看得到自己的臉，會不會發瘋？會不會變得什麼事都不能做呢？」

大概，人類是進化到看不見自己臉的樣子吧。像蜻蜓啦、蚱蜢之類，也許就看得到自己的臉，京子想。

總之，最為貼近自己的這一張臉，大概原本就是要給別人看的。這一點，是否與愛情相像呢？

京子邊收拾手鏡到鏡臺，重又注意到這鎌倉雕與桑木製的不相配。手鏡既然已跟隨前夫而殉情，那麼，這鏡臺該算作是寡婦吧。於今思之，把那手鏡和另一面小鏡子交給臥病的丈夫，眞可謂一得一失。丈夫必然是始終照看著自己的臉的。看到鏡中病情日益惡化的臉而恐懼哆嗦，豈不正如同面對著死神的臉嗎？如果那算是由於鏡子而起的心理上的自殺，那麼，京子便是心理上的殺人犯了。也曾想到過這方面的害處，再把鏡子拿走，可是丈夫當然是說什麼都不肯放手了。

「要教我什麼都看不到嗎？總想活著的時候能愛一些看得到的東西呀。」丈夫說。或許，爲了保存鏡中的世界，寧願犧牲掉自己的生命也說不定。也曾經在大雨之後，見到丈夫在照看院中積水裡的月影，難以盡言是影中之影的那個月亮，如今又清晰地浮現於京子的心頭。

「惟有健全的人才會享有健全的愛情。」後來的丈夫說這話時，京子當然只有羞怯地點頭，但心底卻未必是同意的。丈夫死後，京子也曾想過，跟生病的丈夫行嚴格的禁慾究竟有什麼好處呢？可是，慢慢的，那卻轉變爲一種無可奈何的愛的記憶，而在記憶之中，愛情更變得自給充滿，反倒一無懊悔。後夫怕是太看輕了女人的愛情吧？

「你生性這麼溫柔，怎麼會跟太太分手呢？」

京子曾經探詢過後夫。丈夫並不言語。京子是被前夫的哥哥大力慫恿，才會嫁給後來這個丈夫的。經過了四個多月的交往，年齡相差大約十五歲。

京子一懷孕，便嚇得整個人都變了樣兒。

「好怕啊，怕啊。」有時糾纏著丈夫不放。害喜挺嚴重，腦筋也變得怪異起來。時則赤足走到院中，去攀摘松葉。前妻的孩子要上學，又莫名其妙地給他兩個飯盒啦什麼的，而那兩個都盛著飯呢。時則又像似透視了鏡臺中那個鎌倉雕的手鏡，雙目定定地直視不移。半夜忽醒，竟坐在被子上，俯視丈夫的睡顏。說是爲人命不可恃的恐懼所襲，逕自解開睡衣的腰帶，大概是想用來絞殺丈夫的樣子、忽然又啊啊一聲大叫，隨即哭倒。丈夫醒來，溫柔地替她繫回腰帶。明明是盛夏夜晚，京子卻顫抖不已。

「京子，要相信肚子裡的孩子啊。」丈夫搖晃著京子的肩膀說。

醫生勸導住院。京子初時不肯，後來終於被說服了。

「我答應住院，可是先得讓我回娘家兩三天。」

丈夫把京子送回娘家來。翌日，京子偷偷從娘家溜出，到與前夫住過的高原。時值九月之初，比起跟前夫搬過來的時間約莫早了十日。京子在火車裡也想要嘔吐，頭昏眼花的，恨不得跳下火車；但是出得高原車站，接觸到那清涼的空氣，頓時便感到舒暢。髣髴妖靈突然離去似的，回醒到自我。京子覺得眞不可思議。站立著，環視高原周遭的群山。那微帶青色的山巒，輪廓鮮明地浮現於空中，教人體會到活生生的世界。京子揩拭著溫潤的眼角，向舊居的方向走過去。從那天曾浮現於桃色殘照裡的林中，又傳來燕雀的啼鳴。

舊居中有人住著，樓上的窗口，依稀可見白色的花邊窗帘。京子站在稍遠處望著。

「如果孩子像你的話，可怎生是好。」突然冒出這麼一句自言自語，連自己也嚇了一跳，隨即懷著溫暖而安謐的心境走回去。

曾野綾子印象

與曾野綾子只見過兩次面，但是她給我的印象相當深刻。她身材修長，聰慧明麗，自信且果斷，對於文學和宗教有執著的理念與信仰。

我們十餘年前，經由報社安排，在一個初秋的早晨對談。話題是圍繞著文學創作，以及出版問題，間亦及於女性和家庭等比較細瑣的事情。

曾野女士不像一般的日本中年女性，她說話的時候，雖然也用詞謙遜，彬彬有理，但表達意見時，十分犀利而且堅定。由於當時我剛完成《源氏物語》的翻譯工作，又正著手日本另一部古典名著《枕草子》的譯事，所以難免想到徵詢她對於此方面的意見。然而，出乎意外的，她對於自己國家的文化遺產所表現的態度，竟然是冷漠的，甚至是相當抗拒的。她說：「我是現代人，管他什麼古典文學，那和我沒有關係。」她又引用日本漢學家吉川幸次郎的話，以證明並不是每個日本人都喜愛讀他們的古典文學。「但是，川端康成、和谷崎潤一郎等近代作家，不是頗受《源氏物語》的影響嗎？」我有些納悶地追問。她表示，那是他們的事情，她自己寧可去寫一部《耶穌傳》，也不願意去撰寫《源氏物語》的作者紫式部的傳記。

我當時覺得十分困惑。曾野女士同時也對於日本的古都——京都的精神和物質生活有她獨特的看法；認爲京都是一個與現代生活脫了節的地方，那只是傳統的光榮所繫之地，做爲一個現代人，她更愛現代化的、步調快的東京。

我自己曾經在京都住過一年，對當地的風物相當欣賞。我又從事日本古典文學的翻譯。曾野綾子的話，似乎把我的喜愛與關注都否定了。

對話幾乎因而無以爲繼。兩個人努力在尋找一個共同的焦點似的。

其後，因談及創作的態度，以及關於傳記的寫作，我們的談話氛圍才又重新熱烈起來。我曾經寫過兩本傳記，《謝靈運傳》及《連雅堂傳》，曾野女士則正著手撰寫《耶穌傳》。爲了寫耶穌的故事，她曾經再三獨自遠赴耶路撒冷，實地考察體會種種。她告訴我語言不通、異地氣候風物的差異所帶給她的重重困難，甚而對我津津樂道第一次騎駱駝的趣事。我們幾乎忘了當時進行的對談是應報社邀請，談話內容是要公諸刊物的；而先前滯礙不順暢的僵局也完全消失了。我們像一對久已認識的朋友，彼此交換著旅遊的經驗和心得。

曾野綾子出身於東京，所過家庭生活是完全現代化的。她的先生三浦朱門，也是當今日本文壇的重要作家之一，夫婦各寫各的作品。獨子已大學畢業，卻選擇與父母全然不相同的行業。她說：「我們三個人是很好的組合，平時各自從事自己喜愛的工作，也常常分別，遠赴他鄉旅行。但重要的節日，總會聚在家裡，享受家庭生活的幸福。」她畢業於日本著名的天主教大學——聖心女子大學。那所大學是現今民主化社會中稍帶貴族氣息的學院，日本皇后便是聖心的出身。也許是地緣、宗教，以及教育背景，致使曾野綾子呈現如此追求現代感，和反傳統的氣息吧。也可能是因爲不希望外國人對日本的印象只停留於纖美保守的緣故吧，她的表現特別強調了不爲歷史與古典所拘的一面。而事實上，在寫作方面，她也確乎實踐了這一點。在七十年代，共產主義尚未瓦解期間，曾野綾子經常單槍匹馬地走訪東歐國家，寫出突破小我，甚至不囿限於本土意識的，擁抱全人類的關懷之作。

我曾經徵得她的同意，譯出〈一張壞了的椅子〉與〈至福〉二文。這兩篇先後不同時間所寫的文章，很難界定文類；既像散文，又像小說，同時又兼具報導文學的性質。文中沒有任何政治批判的語氣，但對於在物質生活落後的地區生活的人，以及其人際關係，卻充滿關懷與同情。她的文章一如其人，筆調明快犀利，卻又相當含蓄，尤其〈至福〉的結尾部分，故意欲言又止，留予讀者極大的想像空間。那種手法，應該不僅是藝術的技巧安排，恐怕也是一種人格修養的表現吧。

我第二次與曾野綾子相見，是在相隔七年之後，與臺灣文藝界的女士們一同接受當時的日本文化交流協會原富士男會長邀宴。從黃昏到晚餐，她都坐在我的身旁，親密地跟我暢談別後種種，又誠懇地邀約我去東京，說是願意做我的嚮導，讓我看看一些「有趣」的地方。她所謂有趣的地方是指什麼呢？是不是想讓我多認識更進步、更現代化的日本呢？她大概對於我喜愛京都和日本古典文學，必然也是耿耿於懷的吧。

其實，對於東京我並不陌生，也幾度因公因私而到東京，卻總是來去匆匆，連撥電話給她的時間都沒有。也許，並不是眞那麼匆匆未遑通音訊，而是另外有什麼原因；連自己也不十分清楚的原因，使我沒有跨出進一步友誼的距離。不過，偶然也會有消息傳來，使我間接得悉遠方朋友的情況。彷彿是數年前的事情了，我讀到一篇曾野綾子寫罹患白內障開刀的文章。那語氣居然是明朗、積極，而且充滿希望的。我想，這是一個不會屈服於命運的女性。

如今她必定已經康復了，而且必然又忙於寫作和旅行吧。對於像曾野綾子那樣子的女性，有什麼東西可以取代這兩樣東西的重要性呢？雖然我和她只見過兩次面，我想，我是了解她的。

——一九九三・孟春

一張壞了的椅子

曾野綾子 著
林文月 譯

那是我初次訪問的社會主義國家的一個古都。

在那個國度裡，寒意早早就來臨了。幽暗的，可又極其豔麗的秋色塗滿了那古城的街頭各處。蔓藤是紅的，篠懸木似的路樹又是一徑的黃，而它們更與鐵灰色的橋啦、磚紅色的建築物吻吸也似地調和著，鮮明欲燃。

旅客們看來是要給集中在街上僅有的幾家現代化旅館裡。走在街上，蕩我心旌的是那些彷彿中世紀其物的幾家老客棧，在曲曲折折的石板路上點著黯淡的廊燈。其實，我寧願投宿那樣的客棧裡，但是言語不通，怕是不可能的，而且，依照規定，外國人在入境之前早就給安排好了住宿的旅館。

被領進美國式的新型旅館房間後，我先就走到窗邊眺望外面的景色。前方的建築物不知是官方的辦公廳還是民間的企業樓，反正又不會讀招牌上寫的字，便也毫無辦法。樓下正門口有兩隻石雕的獅子對峙。

爲了仔細端詳風景，我想坐在那張擺在窗口的椅子上。不料，一時失去重心，身子忽然一歪，著著實實把鬢上的部分給碰了牆。

是椅腿鬆脫了。我用手去摩一摩碰牆的頭部，知道腫起了一個小包兒。我哭喪著臉到洗手間的鏡前，想看一看那個包兒的大小。幸虧是在頭髮裡面，所以並不怎麼顯著。

這時候，有人敲門。我用日本話說：「請進！」橫豎我會講的外國話在這兒也不通用。

等我知道進來的人竟是一位日本女侍時，不禁大吃一驚。她定定地看看我按在頭上的手，又看看那張壞了的椅子，心裡大概已經明白一切。

「又來了啊？」

她說。接著，也不像是要道歉的樣子，緩緩地走向窗邊，把那張壞了的椅子用熟練的手法裝回原狀。然後再將它放回原來的位置；椅子竟然也變成燦然完美的樣子，它又在那薄陽煦暖的窗邊，有一種誘人之姿。

「這張椅子，早已經壞了的呀。」

她看來有四十多歲吧。膚色在日本人當中也算是黝黑的，金牙在脣縫中微燦。

「照說是早該修補了。但是只要能裝回原樣的就不能算做是壞的。」

「有一回，坐在這椅上的一位外國青年，正巧一手端著咖啡杯，一手拿著愛人寫的信在讀，就那麼一搖，椅子就壞了。咖啡灑在信紙上，整個兒泡了湯。瞧他那張快要哭出來的臉！後來過不多久，這張椅子還殺了人哩。」

「啊？」我吃驚地問。

「他是個中東什麼地方來的客人，肼得要命。大概原來就血壓高的吧。我見到他時，正倒在床上呼呀呼地打著有毛病的大鼾。果然，這椅子又鬆落在一旁。可是，大夥兒都認爲是因爲病人太重，所以才把椅子壓垮了。但他準是因爲椅子壞了，碰傷了頭才致死的。不過，那人倒是死在後來送進去的醫院裡。」

「既然發生過那麼多事情，這張椅子要就修理好，若是修不好，就該把它搬走掉算了嘛。」

「可是，一直都沒有訂立規條呢。」那女的說。

「我也弄不清楚到底爲什麼。也許椅子壞得厲害些就好了，譬如說裂成兩段之類的。可是，據說只是這麼鬆脫就不能算數兒。」

她聲音裡並不帶一絲兒感情。

「您說有意思吧。我跟此地的丈夫結婚十年了，到現在都還是講不好話，所以也不曉得究竟是什麼地方不對勁兒。總之，這兩三年以來，這張椅子老是會把坐上去的人翻個四腳朝天，然後又擺回到這個窗邊來。我已經懶得去想這個問題了。

「倒是也沒什麼人抱怨過。就算是講了吧，這是國營旅館，也許反而會怪你把它弄壞了也說不定。

「這兒的秋天很美吧。不管是行哪一種政治，秋天總歸是秋天哦。眞有意思。秋天來了，靜靜的；椅子壞了，坐上去的人一定會碰傷頭，可是它又仍舊擺在那兒；這個窗口總是有溫暖的夕陽射進來；對面的獅子也老是兩隻相對著……。我開始相信這就是生活了。事實眞是這樣子的嘛。沒什麼不對的道理吧。這個國家眞是很靜。喏，落葉的聲音啦，硬果滾動的聲音啦，街上到處都聽得到吧。」

這時，在我們的視野之內，馬路上有個青年彎下腰，慢慢地撿起一片路樹的黃色落葉，小心摺好，像是整理裝飾用的手帕那樣，插入他西裝胸前的口袋裡，然後又走了。

——原載一九七九．十．二十七《聯合報》副刊

至福

曾野綾子 著
林文月 譯

一八六五年至一九一四年，約五十年間的波蘭，曾經在俄國、普魯斯、奧國，三國分割統治之下，據說經歷了最黑暗的時代。尤其當普魯斯統治下的人民，因爲受到俾士麥的影響，一切自由被剝奪盡。從事天主教聖職者，大量受到處刑，在學校或衙門等公共場合，都禁止使用波蘭語。波蘭的人民不被容許在割讓地蓋建築物，所以許多波蘭人只得在貨車上生活。無論地主，或農民，或服聖職者，都團結一體，反對德意志化政策，爲自由而戰。波蘭人看來始終都在與外敵戰鬥。

我在乾燥、寒冷，稍嫌多塵埃的華沙市，與擔任翻譯的日本人M氏會面。波蘭語屬於斯拉夫語系，語調極快，我一句話也聽不懂。M氏跟蘇聯籍的太太結婚，現居住於莫斯科。他說的波蘭話不太好，不過勉強還可以應付，所以我才特別拜託他專誠來到華沙。

第二次大戰中，德國占領了波蘭、捷克、南斯拉夫、希臘等國，企圖撲滅東歐民族，但波蘭人激烈抵抗。到如今，波蘭人每提到自己家族的什麼歷史時，總喜歡講起一九四四年九月，華沙武裝蜂起之事。當時，爲了抵抗德軍，華沙市民不分老幼，群起而抗之。蘇聯軍已經進軍到維索河線，砲聲隆隆，聞達華沙市內，但市民蜂起卻未得到蘇聯軍的援助，而終致失敗。德軍爲了報復，大肆破壞華沙市內的建築物；我們現在乃是站在新的華沙。

除了市民的義軍蜂起之外，也另有一些較小規模的，但壯烈的無言之抵抗。有一位聖法蘭西斯科會的司祭，名字叫麥斯米蘭·瑪利亞·哥白者，自願替在艾西維茲被宣布餓死刑的波蘭軍曹而死，他與其餘九位遭遇同樣命運的人，祈禱十五日而刑死。神父的遺骸，與其他許多人，在那有名的焚燒爐中一起燒卻，而骨灰則不知被撒向何處去了。在那瘋狂消滅人類而人人狂奔的時代裡，這成了爲拯救人類的一樁慘痛事件，人們口耳相傳了下來。

在神父所誕生的波蘭的街市，生長的村莊，讀過書的羅馬，以及在其他更多的地方，傳頌哥白神父的聲音逐漸響亮起來；而在天主教的總區梵蒂岡，破例的，在死後僅僅三十年的短時間內，哥白神父竟得名列於稱做「福者」的聖人地位。

要躋身於聖人之位上，依教會法規定：其人必須有奇蹟，而其奇蹟則又必須要有若干目擊者的證言，或醫師的證明。然而，現在的波蘭是社會主義國家；不過，由於無法抑制民衆根深柢固的天主教傳統生活與思想，政府在表面上並未彈壓教會的活動。教會在市鎮或村莊，無論在地理上或人們的心理上，都是居於中心的地位，但是，遇著像哥白神父的列福（指列入福者之事）調查這類明顯的事情，恐怕總是頗不受歡迎的；不過，此事並非有什麼確切可信的證據，只是羅馬方面有此看法罷了。我便是獲悉此項新聞來源，而來到此地。只是，我連一句話都不會講，所以也就根本無法直接去訊問誰而探得反應了。

可是，來到波蘭後，傳聞在距離華沙市約莫一小時火車車程的L市，有一個名叫米列克．D的少年，治癒了先天性的耳聾，這事引起了我莫大的興趣。

「剛剛跟有關米列克少年的事情，取得了聯絡。他們說，到L市無原罪的聖母教會，便可以知曉。」

M氏這樣對我說。

「明天就出發嗎？」

「好極了。只要火車方便的話。」

話雖這麼說，上午在華沙市，我還有一處需要訪問，M氏便給我選了午後一點二十五分出發的火車。據說，到L市約需一小時半或兩小時。

到達L市時，已過三點半，我不知道算不算準時？由於旅途勞頓，竟然睡著了。

我時時醒來，倒不是因爲噪音之故，而毋寧是由於火車停站時，有一種拖曳似的靜寂籠罩。男人高亢的聲音清澈地劃過。坐在斜對面座席上的男孩子，正在啃著紅色的類似牡丹杏的果實。風景則到處都是一樣的平坦的耕地，小小的森林，還有教堂的尖塔。我微微張開眼睛看看窗外的洋芋田，然後又睡著。

L市，與途中所見的市鎮相比，彷彿是略大的地方都市。看得見貨物的專用軌道，醜陋的磚造倉庫排列著。在波蘭旅行，不禁教我想到：這個國家，有史以來不知到底燒鍊了幾億個、幾兆個磚瓦呢？

M氏在車站前僱了一輛計程車。我領教到計程車司機不給好臉色，開起車來橫衝直闖，不僅只是日本而已，心中便稍稍覺得安慰。

無原罪的聖母教堂，在市郊。不過，我的方向感並不太靈光，所以這話也不甚可靠。刺刺的尖塔上，有一具看來瘦削的十字架。我猜測：那或者是歌德式古典時代的吧，遂走到教堂正面。

門口走出一位略顯疲憊穿著西裝的鄉下人模樣老者。M氏向他問司祭館在哪裡？老人用姿勢指示在教堂的後頭。在階梯上看見老人短而翹起的白色鬍鬚，在微弱的秋陽下閃亮著。

後頭有一片輝煌的金色森林。實際上，當時樹梢究竟殘留著多少葉子，已不在我的記憶裡；沒有疑問的是，M氏和我像踩砂土一般地踩過覆滿濕地的金黃色落葉，步向石造的司祭館方向。

司祭館是爬滿葛藤的古老石造建築物。我正感嘆支持大門的堅實金屬物時，內裡走出一位瘦削而臉色不佳的婦人。即令是一張外國人的臉部結構，她那眼眶也稍嫌太陷凹，而自那深陷處，褐色的視線直直地睇視著這邊。M氏跟她說了兩、三句話，她就馬上會意的樣子，示意我們進去，讓我們走入進門處旁邊的客廳裡。

牆壁的顏色，絕不是那種淺薄的藍色。這個房子不知是幾百年以前建造的，牆壁則恐怕已經重新粉刷過好多次了吧。當然不會是昨日今日才粉刷過的，但看來重刷不久，因爲天花板上、牆上，都沒有一點點汙垢，也沒有一絲兒裂痕。有一座燃燒眞實柴木的暖爐。屋子中央放置了一張大而厚實的木桌，那上面覆蓋著精巧的蕾絲桌巾，絕對不可能是機械織出的，而於其上，盛綻的紅玫瑰，則如流似泄。

我正被玫瑰的華麗所吸引，看得入神，忽聞衣裳綷縩之聲，一位穿著長及足部的僧袍的年輕神父進來。

「這位是，助任的……神父。」

M氏這樣給我介紹。名字的部分，雖然M氏說得極清楚，但我還是無法記得。

神父爲了同我握手，伸出他那白而纖長的手指，像是稍稍打散了原先排齊的手，一邊問：

「你會說法語嗎？」

險些要衝口而出：「Oui」，倒不是因爲對語學有自信，即使在一竅不通的生活中，只要過了幾天，總會表情達意的吧，所以很想說：會講。不過，我終究還是沒敢那麼說。我先用法語回答：「很遺憾的，只會講英語。」然後，重又凝視助任神父。

他看來大概只有二十八，或九歲的樣子。頭髮是直而黑色的，而那少年似的頭髮半垂覆在臉上。他戴著一副細金邊的墨鏡，彷彿對於那絕不過分明亮的波蘭的陽光都無法忍受似的。

在跟M氏交談的時候，神父那一雙幾乎不見枝節的修長的手指，一直柔柔地交握在胸前。他的體格本身也是清癯的。身材則毋寧是屬於高型的，而頸子纖細，也一如少年。

「主任神父剛才忽然被臨終的人叫走了。這個教會也有教徒三千五百個人，所以老是有人快死啦，或是哪兒有嬰兒誕生啦什麼的。他說：請你稍候。又說：如果願意的話，他可以做嚮導，介紹這所教堂。」

我央請他，就那麼辦。助任神父遂即高興地走在前頭，打開了司祭館的門。

我也自認與一般人同樣嫌惡：教會兀自裝飾華麗，彷彿跟悲慘的現實都不相關似的；可是，那種情懷，自來到波蘭以後，已次第變得薄弱了。原因之一，是來到這塊土地以後，波蘭的歷史似乎更鮮活地甦醒，令我對於過去幾乎完全無知的現實有所確認的緣故。

對於過去只能在貨車上擁有自己家的人而言，所謂「幸福」，是惟有在來世才能期待的東西。而就算是來世有神的國度。但在他們眼睛所能看見的這個地上，卻嗅不到一絲兒那種氣味，這才是更殘酷的事情。我開始了解到，教堂內部保留過分的裝飾，乃是做爲神的國度的一種雛形，而同時也是一種對人類的愛的象徵。即使生活在暗冷似動物棲息之處一般的貨車裡，人們只要來到教堂，就能夠在那金碧輝煌如世外的空間裡，向神祈禱，接受祂的安慰。這有什麼不好呢？

哥白神父曾經說過：對於信仰而言，政治或社會的危機，毋寧是一種可盼的狀態。不僅是信仰而已，對於凡是純粹的事物，順境都比逆境更爲可怕。日本正處於順境中的恐怖。波蘭又如何呢？我在想。

老實說，我沒想到波蘭是如此一個信仰深厚的天主教國家。華沙的星期日，哪個教堂都是人滿；如此熾熱的宗教信念，諷刺的是，在自由國家反而感受不到。在羅馬或巴黎，我沒見過星期日教堂裡連個下跪的地方都沒有，那麼擁擠的情形。除了波蘭，就只有另一個地方——南越的達拉多高原小鎮，當地的復活節也是盛況無比，幾無立錐之地。逆境，才是人類信仰所期望的環境，這個證據，大概是正確的。

M氏和我，在助任神父嚮導之下，從側面的進出口步入無原罪聖母教堂之中。

我的眼睛看慣了日本教堂的單純內部裝修，覺得連這所鄉下鎮市的教堂，內裡的細微處都有極繁華的裝飾。外邊和內部的裝飾，顯然有時代差異，祭壇下部、柱子、柱子和穹頂連接的地方，到處充滿了貝殼、花卉，和天使等等。那些東西都在黃色的光線中呈現渾然的狀況，而主祭壇就像是掩埋在其中，朦朧在遠方。

「主祭壇，據說是十七世紀建造的。」

M氏聽著助任神父耳語般輕聲的說明，然後翻譯給我聽。

側祭壇，大概是每一座祭祀一位特定的聖人，不過，我完全不曉得誰是誰。只是，其中有幾個祭壇前點著許多小蠟燭，所以我猜想：恐怕那些聖人是特別受信者喜愛的吧。有一個繫著頭巾，背上多肉的老婦，忽然從那燭光間起身，向我們這邊走過來，但她見了助任神父的臉，既不打招呼，也沒有想微笑的樣子。雖是周日午後，那兒至少有二、三十個男女，各在自己喜愛的聖人祭壇前跪禱著。

我們很自然地，在可以展望主祭壇全貌的祈禱臺坐下來。M氏自稱是無神論者，所以獨個兒在祈禱臺坐下。助任神父在我的右前方處跪在地板上。

不知過了多久，我看到就在自己眼前的助任神父的肩頭上，忽有黑影來蔽。大概與其說是熱心祈禱，我毋寧是在四處瀏覽，所以才注意到的吧。一位體格偉岸的神父，想同助任神父輕聲說什麼，在他背後弓著身子，從那動作裡，一瞬間，我覺得他顯然是從後頭擁抱了一下那年輕的同僚。

助任神父在另一位神父的懷中回轉頭來，以那纖細的側臉，和十分稚氣的眼神，不知回說些什麼。於是，那高大的神父點了點頭，接著就疾步走出聖堂。

數分鐘後，我們不約而同地起身，一邊慢慢地參觀著對面尚未看過的側祭壇，遂步出外面。

「據說，主任神父已經回來了。在司祭館那邊等著我們。」

M氏說。

我們便回到司祭館。風吹起，落葉變成了金色之流，搔癢著我們的腳跟。主任神父已經在有玫瑰花的客廳。我方知，剛才來到聖堂裡，同助任輕聲講話的，便是這個人。我們被請就座，又說是正逢午茶時間，那個臉色不佳的女傭送來紅茶，以及看似自製的小餅乾，請我們吃。

這其間，我出於好奇心理，觀察著這位後來登上舞臺的主人公。主任神父，顯然是一位中年人。叫我推定外國人的年齡，實在是極困難之事。如果助任神父是二十七、八歲的話，主任神父看來像是四十五、六歲，不過，也可能更年輕一些也說不定。

這兩個人，到處都成對照。主任神父是肩膀寬大、肌肉結實的體格。臉長得像法國的性格明星，鼻子略呈鉤曲，嘴角和額頭，閃爍著令人感到強有意志的東西；而眼睛卻格外的柔和。

當一個人無法參加會話而被冷落時，就只好從外邊觀察別人了。助任神父把茶杯遞給主任神父。多毛的手，從淨白的手中接受了它。勸我們加糖之後，助任神父默默地爲正熱烈談話的主任神父，在茶杯裡加了兩匙半的砂糖。主任神父仍繼續講話，像似一任對方高興怎麼做就怎麼做的樣子。

「糟糕了。」

M氏對我說。

「那個叫做米列克的少年，好像是最近因他的父親做了壞事，不在了哪。」

「是什麼時候的事情？」

我先裝出困慮的表情。其實，內心並不眞的感覺如此。凡事不到眞正發生在眼前，我是不太會相信的。

「米列克少年是先天性的聾子，他父親又是一個智慧有問題的裁縫師傅，而且又愛喝酒。說是要帶米列克到克拉高的親戚家，鄰居們還以爲只是去玩兒數日，沒想到一去就去了半個月也不回來。不曉得會不會在那邊生病或什麼的……總之，不太正常，大家也搞不清楚。待會兒到那邊的公寓去看看就知道吧。」

「那麼，神父也覺得，他的耳朵是突然變靈聽的嗎？」

M氏替我翻譯，主任神父以堅定而篤厚的語氣回答。

「因爲長期聽不見，所以無法馬上講話，卻忽然對別人所講的話，點頭啦，搖頭啦什麼的。」

「那應對是不是很正確的？如果生下來就不會聽的話，即使忽然聽到別人說話，也應該不會懂得才對。」

「應對未必是很正確，也有一些不懂的。可是，他父親和鄰居們教了一些簡單的，因此比較單純的，就能了解……。」

「奇蹟是怎麼發生的呢？」

「去年的八月，在這個教堂舉行了爲哥白神父列福的祈禱會。那時候，首次得到政府的許可，印製了哥白神父的畫像。附近的人給了少年那畫像，勸他禱告。從那時起，周圍的人就覺得少年也許聽得見聲音了。」

「起初是怎麼知道的？」

「最初見到變化，是巨雷響的時候。少年嚇得躲退了起來。以前打雷，如果沒有閃電，他是不會曉得打雷的。據說，當時住在同一個公寓的人同他那精神有問題的父親說：『這孩子恐怕耳朵聽得見吧？』」

「眞可惜。彷彿明明是眼前看得見的事實嘛。」

「不管怎樣，說是去一趟看看。現在就帶我們去。」

年輕的助任神父問我，要不要再喝一杯紅茶。我婉謝了。又問M氏，M氏也說不要，辭謝了。

助任神父把茶壺舉向主任神父。我聽不懂對方在講些什麼，只見主任神父那剃過鬍子的結實而泛青的下顎浮起一抹微笑，接受了又一杯溫熱郁馥的紅茶。

米列克少年一家忽然潛逃似地失蹤之事，我初時也不是不起疑心，因爲，這種事情多少也反映了這個社會主義國家的體制；我想像：一旦發現到，此類奇蹟的證明是有教會方面給予協助，可能會加予有形或無形的彈壓吧。當然，這種事情，面對面相問的話（如果是事實，則更甚），也可能不會獲得眞實的答覆。問M氏嘛，反正蘇聯和波蘭又不同國；而且，M氏若是個蘇聯通的話，更不可能傻到對於社會主義國家的內情擅加解說了。

我這樣想，覺得竟連發問的力氣都快消失了。不過，既然如此，橫豎到他們住的家去一趟，也不失爲一個辦法吧。抑或這只是爲了證明無法見到當事人係出於一種偶然，絕非顧慮「當局」的想法而動的小手腳，所以才讓我們去看一看的嗎？

終於決定由助任神父帶領我們去米列克少年的家。風，正式地吹，把金色的落葉吹向道路的兩側。

由於風寒，我們三人略略蹉跼著身子，在鎮的馬路上橫成一排走。神父走在最邊上，中間是M氏，左邊是我。我默默地走。這個L市，就像是一個森林的市鎮。隨便什麼廣場或教堂，到處都有高大的樹，葉子落盡的枝梢，看來似乎也支撐了許多歲月。看過戰爭，也看過社會主義，衆樹彷彿在這麼說著。可是，對於這些事情，人們卻什麼都不說。

這世上，不能講的事情太多了。我想。言語其實多多少少是虛僞的。人類大部分要把所授與的生命默默地活過，除此別無他法。

我們跟各種各樣的人擦肩而過，我察覺大多數的婦女顯然對於助任神父都投以好奇與善意的眼光。有兩個結伴穿制服的女學生，更是幾乎目瞪口呆，忘我地看著僧袍的長裾飄飄翻飛地步行的神父。

「方才在請教神父。這教堂有三千五百位信徒，都由兩位神父負責，所以挺忙碌的。聽說，公教要理的班，就每晚有兩組呢。」

M氏說。

「我想請問一下。一般說來，主任神父和助任神父往往都是感情不怎麼融洽的吧？」
聲音很小。
「是聽說如此。還有些人，除了工作以外，彼此連話都不講的呢。修道生活，就是要忍受這一切過日子的。也有人譬喻說：那簡直就跟婆媳關係一樣。」
「是嗎？可是他們兩位……」
這時候，助任神父說起什麼來，M氏便把話在中途停頓，急忙回到神父那邊。
「正式的共產黨員們，據說，也有夜晚偷偷再舉行婚禮的。他們白天先舉行市民法的結婚儀式，到了晚上，還是會擔心神的事情。」
我們不知不覺地走到一處放置著鐵路保軌用材的地方，是一個很殺風景的空地。而神父則指著斜對面的磚造醜陋的倉庫似的建築物說：就是那裡。
那是一幢口字型的建築物，面臨砂土飛揚、沒有鋪裝的道路而建立。方才我們一直步行在整齊鋪裝的道路上，這個突如其來詐欺似的路面變化，幾乎令人不能置信。十分諷刺的是：無論自由世界或社會主義國家，在同一個市鎮裡竟然都會有這般貧瘠的地方和井然整頓的區域。
四方的建築物，有一部分是通道，我們便由那裡進入了相當於所謂中庭的地方。實則，那中庭可說是我所見過的最最荒蕪的中庭。換言之，那裡是什麼都沒有的，莫說草木，連個孩童玩耍的道具都沒有。不，草木是在旁邊生長著。中間的部分，由於孩童們跑來跑去，所以草是無由生長的，然而，住在這裡的人，似乎也沒有氣力去拔除周邊的雜草吧。我爲悲哀所襲，站立在那裡。人類在富裕之後，有各種各樣表現富裕的方法；可是貧困，則除了特殊情況以外，大抵相類似。富裕，容或不能說成是國際性的，但貧困與疾病，則彷彿全世界都具有共同的形象。我並不是對那幢古舊的建築物感覺難過，也不是同情它的狹隘；日本人往往住在更狹隘更破舊的屋子裡。令我難過的是：住在那裡的人，教人感受到一種放棄的心態。

其實，那並不寬敞的中庭，也未見得就是很平坦。沒有一棵樹，沒有一株花草，或許對於孩童們而言，更爲方便吧。花壇啦、座椅啦，這些講究情調的，只是大人們的事情，孩子們只要能夠盡情跑來跑去啦，丟球啦，就滿足了。不過，在此殺風景的空間的一隅，不知自何時何地，因何故而運來的，有一堆混雜著石子的泥土，亂七八糟地堆積起來。如果把那堆土山弄得高一點，石頭聚攏一點，或許就可以供做搶陣頭的遊戲之用吧。

在這個空間裡，感覺不到一絲兒想要整頓的意圖生命力；即使空無一物的空間，只要有人類的手加工，那無一物的空間，便會具有意圖和主張。我所以感到難過的，並不是物質，而是見之於其中的完全無的貧乏。

可是，我們不久就被不知從何處聚攏過來的不怕生的人群圍繞住。有孩童，也有抱著孩子的主婦。大概不全是信徒吧，應該也有一些正規的黨員家族才是。然而，周遭那些人，全都靠攏到神父的身邊來了。

助任神父一提到米列克的名字，大家便都紛紛說了些什麼。有幾個人指著二樓窗口的方向，另有一些人在搖著頭。米列克少年好像是被父親帶走就沒有再回來的樣子。

「上禮拜五晚上，有人看到他們父子出門。不過，弄不太清楚，有人說是去了克拉高，又聽人說他們有親戚住在×××。」

M氏把眾人所說的話，邊聽邊譯給我聽。

「那位太太說：米列克最近已經完全聽得懂別人說的話了。那位戴帽子，穿綠色上衣的高個子少年則說：他哪裡懂得什麼。」

「打雷的時候他害怕，可有人看到嗎？」

M氏問大家。可是當時並沒有人在場。

「米列克少年有沒有去看過醫生呢？」

M氏問大家。看他們講話的樣子，似乎沒法子得到什麼我所期待的答覆。

「據說，米列克除耳聾以外，是個很健壯的孩子。他祖父討厭醫生，自己長了惡瘡，也是用手指甲摳好的。」

「那麼，米列克父子是不會回來了嗎？」

我問。「他們說，大概會回來。家裡頭還有一些家具……。」

我想放棄了。無疑是白走了一趟，不過，能夠來到這個鎮也不錯。我忽然發覺，身邊有一個挺著大肚子的年輕女性。許是出於同性的興趣吧，她好奇地張大眼睛看我穿的衣服啦、帶的皮包啦、照相機等東西。遇到我的視線時，便在滿頭灰塵的亂髮下笑一笑。我像是回答她所表示的興趣，也把她從上到下，仔細地觀察了一遍。

那是一張長著雀斑的可愛的臉。個子小小的，只到我的肩膀下。靠近臨盆的肚子，已擠不進原來穿的裙子，恐怕是沒有餘裕添製新裙，便把腰間的釦子和釦洞之間穿上帶子穿著。她承受不了我的視線，便移視看神父。她向神父叫了一聲，然後輕聲跟旁邊的女人說了些什麼。

我們決定離開那裡。有一部分的婦女和孩童，鑽過矮門，跟到馬路邊上來。

「直接回車站去嗎？」

M氏問。

「現在走，還來得及搭六點半開往華沙的火車。」

「就這麼辦吧。」

助任神父說要送我們到車站。M氏和我起初想推辭，但是神父怕我們不認得路，所以就接受了他的好意。

神父與大家握手。大肚子的女子和她的朋友也被大家推擠到神父的身旁來，她稍稍伸手，觸摸一下神父的肩部，然後像是滿足了似的，退回到人潮之後。

道路不久就變成鋪裝的，我們感覺又回到了街上。風很冷，暮色忽自周遭濃密地流集來。

「神父，在義大利也這麼受歡迎的嗎？」

M氏發問。

「不太清楚。也許，在波蘭反而受尊敬的吧。」

我有點兒疲憊。管他怎麼樣，回答時有這樣的感覺。這類的問題，其實很危險，應該不是三言兩語可以隨便答覆的。

「你看。那裡的年輕女性也在仰慕著神父。」

「反正，日本的神父眞可憐。日本沒有危機，也不太有被信徒們那樣盼望期待的事情……。」

這時，我們背後有車聲響起。我們回顧，看到主任神父從駕駛座上探出頭來。

M氏和助任神父大概向他說明了去火車站的原委。主任神父便即邀我們上車，雖然很近，他還是堅持要送。我們像是被風催趕也似地坐進車座內。約莫駛了兩分鐘，就到了站前的廣場。

距離火車開動，還有一個小時。M氏和我請兩位神父先回去，遂即跟他們互相握手。

「主任神父說，請你再來。」

M氏對我說。我覺得那話中不是客套，有一種溫暖而眞實的東西。助任神父復又在車站的一些人的注目下優雅地坐上駕駛座旁，主任神父則用力地踩了一下油門踏板。

望著車子遠離站前的林蔭道，M氏對我說：

「你猜，方才那位主任神父跟年輕的助任說了些什麼？」

「什麼時候呢？」

我問。

「就是剛才，用車子趕上來的時候。」

「啊啊。」

「大概是一下子忘了我會波蘭話吧。他跟助任的小聲說：『太冷了，不放心，所以來接。萬一傷風就不好了。』那明明不是對我們講，是對著那位助任講的。他們兩個人……。」

這時，我突然舉起手。並不是想打斷M的話，也不是想假裝什麼，只因爲車子向右轉彎時，坐在駕駛座旁的助任神父的臉，像一朵小花似地望著這邊，高高舉起手來向我們這邊揮動，所以才教我反射似地回應他罷了。

——原載一九八七・四・十七～十八《聯合報》副刊

F797	張愛玲的文字世界（散文）	劉紹銘著	230 元
F798	人生的探索與選擇（散文）	孫　震著	260 元
F799	跳舞男女：我的幸福學校（散文）	邱坤良著	320 元
F800	戀戀九號宿舍（散文）	羅文森著	250 元
F1001	師友・文章（散文）	吳魯芹著	250 元
F1002	火鳳燎原的午後（散文）	陳大為著	200 元
F1003	沉靜的老虎（詩）	虹　影著	200 元
F1004	尋回失落的美感（散文）	韓　秀著	240 元
F1005	幕永不落下（附有聲書）（散文）	李家同著	（平）280 元
			（精）350 元
F1006	我這人話多：導演講故事（散文）	王正方著	230 元
F1007	李順大造屋（小說）	高曉聲著	280 元
F1008	除了野薑花，沒人在家（散文）	李進文著	250 元
F1009	我將如何記憶你（散文）	宇文正著	220 元
F1010	九十六年散文選（散文）	林文義編	380 元
F1011	九十六年小說選（小說）	李　昂編	250 元
F1012	天　繭（散文）	張菱舲著	220 元
F1013	花朵的究竟（散文）	硯　香著	300 元

F⑺767	我看美國精神（散文）	孫康宜著	250 元
F768	七個漂流的故事（小說）	洪米貞著	250 元
F769	文學的複音變奏（評論）	李有成著	240 元
F770	站在耶魯講台上（散文）	蘇　煒著	250 元
F771	風華 50 年（散文） ——半世紀女作家精品（評論）	丘秀芷著	320 元
F772	喜歡生命 ——宗教文學獎得獎作品精選（文集）	宗教文學獎編輯委員會總企劃	360 元
F773	樂活人生（散文）	賴東明著	250 元
F774	那一夜，與文學巨人對話（散文）	張純瑛著	220 元
F775	效法蕭伯納幽默（散文）	沈　謙著	260 元
F776	大食人間煙火（散文）	廖玉蕙著	240 元
F777	移動觀點：藝術‧空間‧生活（散文）	邱坤良著	300 元
F778	上海魔術師（小說）	虹　影著	280 元
F779	飄著細雪的下午（文集）	趙民德著	260 元
F780	朔　望（散文）	張菱舲著	230 元
F781	九十五年散文選（散文）	蕭　蕭編	350 元
F782	九十五年小說選（小說）	郝譽翔編	320 元
F783	酒入愁腸總成淚（散文）	朱　炎著	250 元
F784	一次搞丟兩個總統（散文）	馮寄台著	260 元
F785	風　弦（新詩）	張菱舲著	250 元
F786	莊子的蝴蝶起飛後（評論） ——文學再定位	黃國彬著	220 元
F787	男人的風格（小說）	張賢亮著	300 元
F788	慢活人生（散文）	白　靈著	200 元
F789	平　原（小說）	畢飛宇著	320 元
F790	自由的翅膀（散文）	龔鵬程著	220 元
F791	王丹看美國的人文與自由（散文）	王　丹著	220 元
F792	獨釣空濛（新詩）	張　默著	350 元
F793	巧　婦（小說）	南　郭著	280 元
F794	斷掌順娘（小說）	彭小妍著	200 元
F795	穿過一樹的夜光（散文）	楊錦郁著	200 元
F796	熊兒悄聲對我說（小說）	張瀛太著	220 元

——《石頭記》百二十回初探

F⑦㊳	密室逐光（小說）	李偉涵著	280 元
F739	我的藝術家朋友們（散文）	謝里法著	240 元
F740	孤獨的眼睛（散文）	龔鵬程著	250 元
F741	苦惱與自由的平均律（新詩）	陳　黎著	200 元
F742	玉　米（小說）	畢飛宇著	250 元
F743	看地圖神遊澳洲（散文）	夏祖麗著	210 元
F744	逃逸速度（散文）	黃國彬著	200 元
F745	公主老花眼（散文）	廖玉蕙著	220 元
F746	愛上圖書館（散文）	王　岫著	250 元
F747	靠近　羅摩衍那（新詩）	陳大為著	200 元
F748	一頭栽進哈佛（散文）	張　鳳著	240 元
F749	一首詩的誘惑（詩賞析）	白　靈著	230 元
F750	第二十一頁（散文）	李家同著	220 元
F751	九十四年散文選（散文）	鍾怡雯編	320 元
F752	九十四年小說選（小說）	蔡素芬編	260 元
F753	聲　納——台灣現代主義詩學流變（評論）	陳義芝著	260 元
F754	喇叭手（小說）	劉非烈著	230 元
F755	偷　窺——東華創作所文集 I（散文）	郭強生編	230 元
F756	風　流——東華創作所文集 II（文集）	郭強生編	260 元
F757	談笑文章——夏元瑜幽默精選(三)（散文）	夏元瑜著	220 元
F758	有一道河從中間流過（散文）	陳少聰著	250 元
F759	漢寶德亞洲建築散步（散文）	漢寶德著 黃健敏編	300 元
F760	善男子（新詩）	陳克華著	240 元
F761	就是捨不得（散文）	郭強生著	220 元
F762	為了下一次的重逢（散文）	陳義芝著	250 元
F763	你逐漸向我靠近（散文）	李瑞騰、李時雍著	210 元
F764	紫蓮之歌（散文）	周芬伶著	240 元
F765	迷・戀圖書館（散文）	王　岫著	250 元
F766	放一座山在心中（散文）	蕭　蕭著	220 元

F708	紅樓夢女人新解（評論）	謝鵬雄著	200 元
f709	羅英極短篇 2：貓咪情人	羅　英著	200 元
F710	海哭的聲音（散文）	詹　澈著	220 元
F711	小蘭嶼和小藍鯨（詩）	詹　澈著	180 元
F712	咖啡館裡的流浪民族（散文）	楚　戈著	250 元
f713	在玩耍中再生（散文）	楚　戈著	230 元
F714	老蓋仙的花花世界 ——夏元瑜幽默精選(一)（散文）	夏元瑜著	220 元
F715	容　器（小說）	木子美著	220 元
F716	上海之死（小說）	虹　影著	280 元
F717	台灣棒球小說大展（小說）	徐錦成編	220 元
F718	九十三年散文選（散文）	陳芳明編	320 元
F719	九十三年小說選（小說）	陳雨航編	250 元
F720	娑婆詩人周夢蝶（詩評）	曾進豐編	350 元
F721	麗人公寓（小說）	唐　穎著	250 元
F723	權力與美麗 ——超越浪漫說女性（評論）	林芳玫著	250 元
F724	桂冠與蛇杖 ——北醫詩人選（新詩）	陳克華、湯銘哲編	(平)220 元 (精)300 元
F725	煮字為藥（散文）	徐國能著	200 元
F726	面對尤利西斯（評論）	莊信正著	260 元
F727	咖啡和香水（小說）	彭順台著	220 元
F728	砲彈擊落一個夢（小說）	歐陽柏燕著	220 元
F729	以蟑螂為師 ——夏元瑜幽默精選(二)（散文）	夏元瑜著	220 元
F730	告別火星（散文）	柯嘉智著	200 元
F731	請帶我走（小說）	張抗抗著	220 元
F732	與星共舞（詩）	謝　青著	190 元
F733	狂歡的女神（散文）	劉劍梅著	250 元
F734	從兩個蛋開始（小說）	楊爭光著	300 元
F735	與海豚交談的男孩（散文）	呂政達著	200 元
F736	浮生再記（散文）	沈君山著	350 元
F737	不負如來不負卿（散文） ——《石頭記》百二十回初探	周夢蝶著	240 元

F ⑱680 大哥最大（散文）	古蒙仁著	190元
F 681 九十二年散文選（散文）	顏崑陽編	320元
F 682 九十二年小說選（小說）	林秀玲編	250元
F 683 紅顏淚（小說）	梅　遜著	200元
F 684 文化英雄拜會記（散文）——錢鍾書、夏志清、余光中作品及生活	黃維樑著	220元
F 686 我喜歡的親密關係（散文）	廖輝英著	180元
F 687 書話台灣（評論）——1991~2003 文學印象	李奭學著	300元
F 688 打開作家的瓶中稿——再訪捕蝶人	廖玉蕙著	250元
F 689 十行集（新版）（詩）	向　陽著	220元
F 690 人間有情．義游於藝（散文）	朱　炎著	220元
F 691 天臺上的月光（散文）	許婉姿著	190元
F 692 成人童詩（詩）	林德俊著	180元
F 693 巢　渡（小說）	張瀛太著	220元
F 694 我帶你遊山玩水（散文）	康芸薇著	220元
F 695 真與美的遊戲：漢寶德看古物（散文）	漢寶德著	250元
F 696 亮的天（詩）	許悔之著	180元
F 697 一首詩的玩法（詩賞析）	白　靈著	260元
F 698 愛與死的間隙（詩）	白　靈著	200元
F 699 人間光譜（散文）	劉海北著	220元
F 700 人間煙火（散文）	席慕蓉著	260元
F 701 哭泣的耳朵（小說）	蘇　童著	230元
F 702 綠袖子（小說）	虹　影著	220元
F 703 雙單行道（評論）——影響中西文化交流的著名人物	趙毅衡著	260元
F 704 飄流萬里（散文）	楊　渡著	220元
F 705 像我這樣的老師（散文）	廖玉蕙著	250元
F 706 台灣文學的回顧（評論）	葉石濤著	210元
F 707 無國境世代（散文）	黃寶蓮著	210元

F⑥④⑨	今天，您好（散文）	楊稼生著	190 元
F⑥⑤⓪	在美國（中英對照劇作集）	郭強生著	260 元
f⑥⑤①	藝術・收藏・我（散文）（增訂新版）	王壽來著	200 元
F⑥⑤②	虎　爺（小說）	吳明益著	210 元
F⑥⑤③	女人香（長篇小說）	廖輝英著	240 元
F⑥⑤④	九十一年散文選（散文）	席慕蓉編	280 元
F⑥⑤⑤	九十一年小說選（小說）	袁瓊瓊編	250 元
F⑥⑤⑥	捷運的出口是海洋（詩集）	高世澤著	200 元
F⑥⑤⑦	顛倒夢想（散文）	宇文正著	190 元
F⑥⑤⑧	哈佛・雷特（散文）	陳克華著	200 元
F⑥⑤⑨	馬路・游擊（散文）	邱坤良著	220 元
F⑥⑥⓪	茱麗葉的指環（散文）	林文義著	200 元
F⑥⑥①	星星都已經到齊了（散文）	張曉風著	250 元
F⑥⑥②	失樂園（詩集）	簡政珍著	200 元
F⑥⑥③	作　女（小說）	張抗抗著	350 元
F⑥⑥④	怪鞋先生來喝茶（散文）	呂政達著	220 元
F⑥⑥⑤	性、自戀、身分證（散文）	卜大中著	180 元
F⑥⑥⑥	不關風與月（散文）	廖玉蕙著	210 元
F⑥⑥⑦	打開記憶的盒子（散文）	陳長華著	200 元
F⑥⑥⑧	島嶼邊緣（詩）	陳　黎著	210 元
F⑥⑥⑨	共悟人間——父女兩地書（散文）	劉再復、劉劍梅著	250 元
F⑥⑦⓪	女王與我（散文）	林太乙著	200 元
F⑥⑦①	有風就要停（散文）	李瑞騰著	220 元
F⑥⑦②	遠方有光（散文）	楊錦郁著	190 元
f⑥⑦③	徐志摩與陸小曼愛情記事（散文）	徐志摩、陸小曼著	200 元
F⑥⑦④	變　心（小說）	張啟疆著	200 元
F⑥⑦⑤	尋找原野（散文）	鮑爾吉・原野著	220元
F⑥⑦⑥	火狐虹影（散文）	虹　影著	220元
f⑥⑦⑦	上海王（長篇小說）	虹　影著	280元
F⑥⑦⑧	思想的天鵝（散文）	林清玄著	200元
F⑥⑦⑨	感性的蝴蝶（散文）	林清玄著	200 元

F ⑱ 618	借問成功真何價？（散文）	曾昭旭著	220 元
F 619	試開天眼看人生（散文）	曾昭旭著	190 元
F 620	語言與翻譯（評論）	黃國彬著	200 元
F 622	人生，就是這樣！（散文）	郭良蕙著	200 元
F 623	吃冰的另一種滋味（散文）	古蒙仁著	190 元
F 624	乘著微笑的翅膀（散文） ——劉安諾中英散文集	劉安諾著	200 元
F 625	金色的馬鞍（散文）	席慕蓉著	特價 280 元
f 626	散文教室（新版）（散文）	陳義芝編	320 元
F 627	走訪捕蝶人（散文）	廖玉蕙著	230 元
F 629	含英吐華（評論） ——梁實秋翻譯獎評語集	余光中編	280 元
F 630	九十年散文選（散文）	張曉風編	320 元
F 631	九十年小說選（小說）	李　昂編	250 元
F 632	希望之石（小說）	李偉涵著	200 元
F 633	情路浪跡（小說）	廖輝英著	170 元
F 634	無愛的上海（小說）	唐　穎著	280 元
f 635	和世界偉人面對面（散文）	王壽來著	220 元
F 636	幽室裡的愛情（小說）	宇文正著	180 元
F 637	嫁台灣郎的日本女子（小說）	庄司總一著 黃玉燕譯	320 元
f 638	約　會（詩集）	周夢蝶著	230 元
F 639	紀弦詩拔粹（詩集）	紀　弦著	210 元
F 640	雲霄飛車家庭（散文）	陳正益著	210 元
F 641	天使咖啡（小說） ——失婚女子的故事	楊小雲著	190 元
F 642	從　前（散文）	董　橋著	200 元
F 643	流螢點火（散文）	張清志著	200 元
F 644	午夜之門（散文）	北　島著	200 元
F 645	雅舍談書（評論）	陳子善編	400 元
F 646	私語紅樓夢（評論）	水　晶著	190 元
F 647	麒　麟（新詩）	孫維民著	160 元
F 648	夜上海（長篇小說）	顧　艷著	230 元

九歌最新叢書

F588日月同行（散文）	鍾　玲著	210元
F589深　藍（小說）	王家祥著	200元
F590戀物人語（散文）	周芬伶著	190元
F591高　塔（小說）	張　復著	210元
F592西藏愛人（小說）	張瀛太著	230元
F593下一步就是現在（散文）	黃碧端著	220元
F594當真實的世界模擬虛構的世界（散文）	黃碧端著	240元
f596浮生三記（散文）	沈君山著	320元
f597旅途冰涼（散文）	曾麗華著	210元
F598人生有情淚沾臆（評論）——唐代小說的美麗與哀愁	廖玉蕙著	250元
F599我最深愛的人（散文）	戴文采著	180元
F600八十九年散文選（散文）	廖玉蕙編	300元
F601八十九年小說選（小說）	陳義芝編	230元
F602陳黎詩選（詩集）	陳　黎著	300元
F604蕭邦，你好（小說）	林太乙著	190元
F605愛情張老師的祕密日記（散文）	張啟疆著	190元
F607望君早歸（小說）	王　拓著	220元
F608蕭蕭教你寫詩、為你解詩（詩賞析）	蕭　蕭著	210元
F609堅持溫柔（散文）	彭蕙仙著	200元
F610暗夜裡的女人（小說）	林剪雲著	240元
F611橘子花香（散文）	沈花末著	200元
F612山居功課（散文）	黃永武著	190元
F613台灣鄉鎮小孩（詩集）	蘇紹連著	200元
F614老殘夢與愛（評論）——《老殘遊記》的意象研究	李瑞騰著	260元
F615現代小說啟事（評論）	張素貞著	260元
F616喬伊斯偷走我的除夕（散文）	莊裕安著	200元
F617情色世紀末（評論）	劉亮雅著	220元

九歌文庫 361

作　品

作　　　者：林　文　月
發　行　人：蔡　文　甫
發　行　所：九歌出版社有限公司
臺北市八德路3段12巷57弄40號
電話／02-25776564・傳眞／02-25789205
郵政劃撥／0112295-1
九歌文學網：www.chiuko.com.tw
登　記　證：行政院新聞局局版臺業字第1738號
印　刷　所：晨捷印製股份有限公司
法律顧問：龍躍天律師・蕭雄淋律師・董安丹律師
初　　　版：1993（民國82）年7月10日
重排新版：2008（民國97）年6月10日

定　價：250元

ISBN 978-957-444-506-6　　Printed in Taiwan
書號：f361

國家圖書館出版品預行編目資料

作品／林文月著. — 重排新版.— 臺北市：
九歌, 民97.06
面； 公分. —（九歌文庫：361）
ISBN 978-957-444-506-6（平裝）

855 97008334